SAÜL

TRAGÉDIE DU POÈTE ITALIEN ALFIERI.

SAÜL

TRAGÉDIE DU POÈTE ITALIEN ALFIERI.

TRADUITE EN VERS FRANÇAIS,

Par M.

ACHILLE DU LAURENS.

AVIGNON.

Typ. de Th. FISCHER aîné, rue des Ortolans, 4.

1850.

AVERTISSEMENT.

Ce n'est point une traduction littérale de la tragédie d'Alfieri que l'on doit s'attendre à trouver ici. Il
est rare que les traductions en vers soient ainsi faites,
et celles des ouvrages dramatiques doivent nécessai-
rement présenter encore moins cette exactitude que
les poèmes d'un autre genre. Pour faire passer dans sa
propre langue, et en vers, une tragédie ou une comédie
étrangère, le traducteur est contraint de serrer,
plus qu'elles ne le sont dans l'original, des tirades
déjà longues, lesquelles dilatées encore plus en s'ajus-
tant sur un autre idiome, ralentiraient l'interlocution,
au point de la rendre fatigante, même, à la simple
lecture. Quelquefois, des idées parfaitement liées
dans l'original, ne le sont d'une manière convenable
dans la traduction en vers, que par une transposition
de ces mêmes idées : faisant précéder telle ou telle
phrase par telle autre, que l'auteur, au contraire,

avait placée à la suite. Enfin, souvent, une idée qui, dans l'original, complétait admirablement l'allocution d'un acteur à un autre, doit être supprimée dans la traduction, parce qu'elle y affaiblirait l'énergie du dialogue, au lieu d'en accroître la vivacité. Le génie particulier à chaque langue produit ces différences. Mais, à l'exception des légers changements qui viennent d'être indiqués, et que s'est permis, quelquefois, le traducteur sur l'œuvre d'Alfieri, on s'apercevra facilement que la version française publiée aujourd'hui n'est pas une simple imitation.

Toutes les scènes de la tragédie y sont coupées et dialoguées dans les mêmes formes que celles de l'œuvre italienne. On ne trouvera dans l'interlocution, ni un couplet de plus, ni un de moins que ceux écrits par l'auteur. Les pensées fortes et originales qui les distinguent y sont scrupuleusement rendues, sans prétention toutefois de les avoir exprimées avec l'éloquence et la concision du poète italien.

La tragédie de Saül est celle que l'auteur, dans l'examen qu'il fait lui-même de son œuvre, nous dit avoir le plus travaillée. Il ajoute, que, dans le caractère de Saül, il croit avoir peint et développé d'une manière plus complète qu'il ne l'a fait en d'autres sujets traités par lui, cette perplexité de l'homme qui, agité par deux passions l'une à l'autre contraires, se laisse dominer tour-à-tour par leur force magique, au point d'approuver et condamner dans le même instant, les sentiments et les désirs qui se produisent dans son âme.

Le lecteur s'étonnera qu'Alfieri, en quelques scènes, ait faussé le récit de la Bible ; qu'il ait supposé, par exemple, le prophète Samuel envieux de la couronne pour lui-même, avant de sacrer Saül roi des Israëlites : Alfieri fait parler Abner général des armées d'Israël, ami et parent du roi, de manière à convaincre son maître que Samuel aurait d'abord, pour lui-même, convoité la couronne ; et qu'en la plaçant sur la tête de Saül, il n'aurait fait que céder à la volonté du peuple d'Israël, fortement prononcée pour l'élection de Saül, contrairement aux projets ambitieux du prophète. Ce mensonge historique qui ne peut trouver d'excuse, ni dans le développement nécessaire de l'action, ni dans le moyen obligé d'amener un dénouement, tire son origine des opinions philosophiques anti-religieuses qui avaient envahi le dix-huitième siècle, et dont le poète Alfieri comme plusieurs hommes de lettres, en France et à l'étranger, avaient adopté les doctrines fausses et passionnées. Du reste, l'accusation portée contre Samuel d'avoir ambitionné le trône, ne produit nulle impression défavorable à l'égard de ce prophète, partant de la bouche d'Abner, ennemi acharné de David, confident de Saül, et qui, par des invectives contre Samuel, flatte la passion haineuse de son maître, et le rend à l'égard de David, de plus en plus implacable. C'est encore par l'instinct de sa passion anti-religieuse, que le poète Alfieri fait proférer à Saül des paroles outrageantes au Sacerdoce, et fait monter son irritation à tel point qu'il envoie à la mort le grand prêtre Achimelech.

Le traducteur éprouvera une grande satisfaction, si, par cet essai, il peut donner à ses compatriotes une idée du génie dramatique d'Alfieri, auteur peu connu, peu compris en France, excepté de quelques hommes qui ont étudié sérieusement la langue italienne.

ACTEURS :

SAÜL, roi d'Israël.

JONATHAS, fils de Saül.

MICHOL, épouse de David et sœur de Jonathas.

DAVID.

ABNER, général des armées de Saül.

ACHIMELECH, grand-prêtre.

Soldats Israëlites.

Soldats Philistins.

La scène est dans le camp des Israëlites près le mont Gelboë.

SAÜL.

SCÈNE PREMIÈRE.

DAVID.

Jusqu'ici j'eus pour guide, ô Dieu, ta main puissante.

Puisque tu veux suspendre, enfin, ma course errante;

Je t'obéis, grand Dieu, j'arrête ici mes pas.

Israël se prépare à de nouveaux combats :

Sur le mont Gelboë s'agitent ses bannières;

Les Philistins bientôt vont franchir nos frontières.

Israël, si David qui vole à ton secours,

Par le glaive ennemi, voyait finir ses jours !...

Quelle gloire !... mais, non, je ne puis y prétendre ;

Le roi veut mon trépas, du roi je dois l'attendre.

Pourquoi suis-je à tes yeux un objet de terreur,

Ingrat Saül ? c'est moi qui calmais ta fureur ;

C'est moi que tu plaças au rang de ta famille

En enchaînant mon sort à celui de ta fille.

Je suis David, David, jadis ton confident,

Ton ami, ton conseil, ton défenseur ardent ;

Et ta rage partout a menacé ma tête.

Il n'est pas de désert, pas de sombre retraite,

Où ton œil envieux n'ait sù me découvrir ;

Tu détestes ma vie, et je viens te l'offrir.

Saül qui me poursuit n'excite point ma haine ;

Sa raison cède au joug du démon qui l'entraîne.

Tel est l'homme ; grand Dieu, quand ton bras protecteur

L'abandonne sans guide au chemin de l'erreur !

Presse, presse ton char, nuit obscure et trop lente,

Et vienne du soleil la face étincelante

Éclairer de ses feux mon humble dévoùment !

O Gelboë, témoin de mon dernier tourment !

Tes échos diront tous : « Victime de l'envie

» C'est ici qu'à Saül David offrait sa vie. »

Oui, je t'attends, Saül, je ne fuis plus tes yeux.

Quittez, soldats, quittez le camp silencieux,

Vous verrez si David brille encor dans la guerre !

Avancez, Philistins, et bientôt notre terre

Va se rougir du sang de vos cruels soldats.

Sur vous, David apprit l'art de vaincre aux combats.

SCÈNE DEUXIÈME.

JONATHAS, DAVID.

JONATHAS.

Qu'entends-je ; quelle voix a frappé mon oreille ?...
Mon cœur la reconnait.....

DAVID.

Un soldat fait la veille....
L'aube ne lutte point encor contre la nuit.
Je crains de me montrer comme un proscrit qui fuit....

JONATHAS.

Qui donc porte ses pas vers la tente royale,
Étranger, que veux-tu ?

DAVID.

Ciel ! faveur sans égale !

Peut-être Jonathas....

JONATHAS.

Parle !...

DAVID.

Sois sans frayeur,

Ami, le Philistin peut craindre ma fureur ;
Mais toi !... Vive Israël et que Dieu nous écoute !

JONATHAS.

C'est le cri de David, approchons, plus de doute.

DAVID.

Jonathas !

JONATHAS.

O David, mon frère !

DAVID.

Doux transports !

JONATHAS.

De Saül envers toi nous connaissons les torts....
Mais pourquoi t'exposer aux traits de sa colère ?

DAVID.

Loin de toi, Jonathas, ma vie est trop amère.
Dans les combats la mort m'a souvent menacé,
Je la bravai toujours : je suis enfin lassé
De fuir devant Saül. Oui, la fuite éternelle
Humilie un guerrier plus qu'une mort cruelle.
Lorsque pour le combat vos glaives sont tout prêts
David vivrait caché dans la nuit des forêts !
Lorsque la nation tremble d'être asservie,
David ne songerait qu'à préserver sa vie !
Plutôt, plutôt, la mort ! ; je l'attends sans effroi,
D'une main ennemie ou de la main du roi.

JONATHAS.

Dieu seul, divin héros, t'a dicté ce langage.
Son ange, jusqu'à nous, t'a frayé le passage.
Mais qui donc oserait te présenter au roi ?
Les Philistins, dit-il, ont acheté ta foi,

Ils t'ont créé le chef de leur féroce armée.

Sur ce bruit qu'apporta la fausse renommée,

Saül t'appelle un traître, indigne de pardon.

DAVID.

Saül ose-t-il bien me flétrir d'un tel nom ?...

Hélas, c'est en fuyant sa haine qui m'exile,

Que chez les Philistins j'ai mendié l'asile.

Mais, quand de toutes parts s'assemblent leurs soldats

Pour accabler Saül, ravager ses états,

J'accours en toute hâte, et sans espoir de trève,

Je viens offrir au roi, tout mon sang ou mon glaive.

Je m'attache à ses pas, je ne les quitte plus

Que ses fiers ennemis ne soient morts ou vaincus,

Et je n'attends pour prix de mes nouveaux services,

Qu'une haine plus forte ou de cruels supplices.

JONATHAS.

Saül trompé sans cesse est digne de pitié.

Abner a su voiler d'une feinte amitié

Les perfides conseils qui séduisent mon père,

Qui contre toi, David, allument sa colère.

Le démon ténébreux qui trouble son humeur

Nous laisse quelquefois pacifier son cœur ;

Mais le poison d'Abner à toute heure l'obsède ;

Saül écoute Abner, Abner seul le possède.

Sous de noires couleurs il présente à ses yeux

Tout fidèle guerrier , tout sujet vertueux ;

En vain, Michol et moi , pour éclairer mon père....

DAVID.

Michol !... ah parle-moi d'une épouse si chère ;

Malgré Saül , Michol ose-t-elle m'aimer ?

JONATHAS.

N'en doute pas , mon frère, ah ! rien n'a pû calmer

Les chagrins dont son cœur souffre par ton absence ;

Michol est dans le camp.

DAVID.

Tu finis ma souffrance....

Michol si près de moi !.. mais comment en ces lieux ?..

JONATHAS.

Mon père vit ses pleurs, son désespoir affreux ,

Au départ de l'armée : à force de prières

3

Elle obtint la faveur de suivre nos bannières.

Michol semble oublier le poids de ses malheurs

Pour soulager Saül en ses sombres douleurs.

Ah ! la maison royale a perdu tous ses charmes ;

Depuis ta fuite, ami, nous vivons dans les larmes.

DAVID.

Je ne me plaindrai plus, Michol, des maux passés !

Jusqu'à leur souvenir ils seront effacés.

Témoin de tant d'amour, d'une vertu si rare,

J'oublirai les tourments que Saül me prépare.

JONATHAS.

Tu n'as pas entendu les sanglots douloureux

Dont la tendre Michol attrista tes adieux.

Tu pars, bientôt la nuit te dérobe à sa vue.

Elle rentre au palais, chancelante, éperdue ;

Son voile, ses rubis, et son royal bandeau

Semblent de sa souffrance aggraver le fardeau ;

Sa main avec mépris de son front les arrache ;

L'or pur de ses cheveux sous la cendre se cache.

Depuis ce jour, Michol périssant de langueur,

Le visage flétri d'une affreuse pâleur,

Souvent tombe aux genoux de mon malheureux père

Et s'écrie en pleurant : « Si Michol vous est chère,

» Rendez-lui donc l'époux qu'a choisi votre main. »

Mon père s'attendrit, la presse sur son sein ;

Mais le cruel Abner, pendant qu'elle supplie,

Aux doux embrassements l'àrrache avec furie.

DAVID.

Arrête arrête, ami, tu révoltes mon cœur.

JONATHAS.

Ah ! je voudrais, David, que ce fût une erreur !

Depuis l'injuste exil dont mon père t'outrage,

Nous avons tout perdu : plaisirs, gloire, courage.

Israël languissant, sans force et sans vertu,

Fuit devant l'ennemi tant de fois abattu.

Terreur des Philistins, jadis , sous ta bannière,

Il craint, même, aujourd'hui leur trompette guerrière.

Et, jusques dans leur camp, nos soldats menacés

Ne parlent qu'en pleurant des triomphes passés.

Mais pourquoi s'étonner de leur ignominie,

Lorsque David leur chef , leur foudre, leur génie ,

Ne les embrase plus du feu de sa valeur ?

Moi-même, sous tes yeux, je redoublais d'ardeur.

Aujourd'hui, loin de toi, ma main faible, énervée,

A manier le fer semble à peine éprouvée.

Et depuis que le roi te traite en ennemi,

(L'avoûrai-je), mon cœur n'est à lui qu'à demi.

Lorsque de toutes parts le péril l'environne,

Je défends à regret sa gloire et sa couronne ;

David seul a mon bras, ma pensée et mon cœur.

DAVID.

Je ne mérite point cet excès de faveur,

Réserve pour Dieu seul ton amour et ton zèle.

JONATHAS.

Tôt ou tard Dieu protége un serviteur fidèle ;

Il habite avec toi : Samuel qui t'aima,

Le divin Samuel expirant dans Rama,

T'a béni, je le sais, de sa main tutélaire.

Lui qui sacra le front de mon malheureux père

T'a prédit, en mourant, sa chute et ta grandeur.

Mon amitié pour toi n'en a pas moins d'ardeur ;

Et je veux t'arracher, même au prix de ma vie,

Au piège tout sanglant que t'a dressé l'envie.

Je ne crains pas pour toi le hazard des combats ;

Je crains la trahison qui surveille tes pas.

Fuis la cour, fuis Abner dont la rage infernale

Te prépare la mort sous la tente royale.

Caché dans la montagne, attends que les échos,

Du combat engagé répètent les signaux ;

Viens alors dans nos rangs nous porter l'avantage.

DAVID.

Le crime seul se cache et jamais le courage !

Je veux, moi, de Saül affronter les regards

Avant que l'ennemi lève ses étendards.

Oui, je prétends confondre une lâche imposture,

Triompher aujourd'hui de l'âme la plus dure.

Que diras-tu, Saül à m'accuser si prompt,

Lorsqu'à tes pieds David inclinera son front ?

Et lorsque, suppliant, humble comme l'esclave

Sous le poids du fardeau qui chaque jour s'aggrave,

David implorera, sujet obéissant,

Le pardon d'un forfait dont il est innocent ?...

Quand ce même David, aujourd'hui ta victime,

Jadis ton bouclier ; si l'ennemi t'opprime

Vient t'offrir à la fois sa vie et son secours !...

Il est vrai, Jonathas ; au dernier de ses jours,

Samuel dans Rama m'a parlé comme un père :

Me dictant mes devoirs dans la paix, dans la guerre,

Le prophète surtout m'imposa cette loi,

D'aimer, de servir Dieu, d'être fidèle au roi ;

Je la porte en mon cœur, gravée en traits de flamme.

Ses craintes pour Saül consternèrent mon âme :

Samuel s'écriait : « Saül, malheureux roi !

» La foudre du Très-Haut mugit autour de toi ;

» Si tu n'accours à Dieu, ta perte est assurée. »

En rappelant ces mots mon âme est déchirée !...

Ah ! s'il doit éclater le céleste courroux ;

Que, du moins, Jonathas à l'abri de ses coups....

Mais, que dis-je, Saül douterait-il encore

S'il peut fléchir le Dieu que Jonathas adore !

Ce Dieu dont la justice égale le pouvoir,

Par sa clémence aussi ranime notre espoir,

Sur nos têtes sa foudre est toujours suspendue ;

Mais elle gronde encor captive dans la nue.

Malheur, malheur à nous s'il l'allait déchaîner !

Tu le sais, Jonathas, on la voit entraîner

Au gouffre de la mort, l'innocent, le coupable ;

Tel on voit du désert l'ouragan redoutable

Emporter à la fois les ronces, les moissons,

Et les fruits savoureux, et les mortels poisons.

JONATHAS.

Qui mieux que toi, David, en faveur de mon père,

Peut offrir au Très-Haut l'efficace prière !

Toi qu'en songe j'ai vu, de gloire environné,

Quand moi-même à tes pieds humblement prosterné...

Je m'arrête, je n'ose en dire d'avantage.

Va, tant que je vivrai, cher David, je m'engage,

Par ta sainte amitié dont le nœud m'est si doux,

A désarmer le bras de mon père en courroux.

Mais, comment te garder contre la perfidie ?

Moins on la craint et plus elle devient hardie :

Au milieu des festins, des chants harmonieux,

Quand la vive gaîté brille dans tous les yeux,

Un breuvage mortel préparé par le crime

Vient, dans la coupe d'or, surprendre sa victime.

D'un pareil attentat qui peut te préserver ?

DAVID.

Qui ? le Dieu d'Israël, seul, il peut me sauver

Mais si Dieu veut ma mort ; quelle force est capable

D'empêcher que son bras à l'instant ne m'accable ?

Puis-je au moins, Jonathas, pénétrer avec toi,

Jusqu'à Michol avant de me montrer au roi ?

Mais, peut-être au sommeil ta sœur abandonnée....

JONATHAS.

Le sommeil fuit les yeux de cette infortunée.

Tes malheurs, cher David, tes périls, son amour,

L'arrachent à sa couche avant l'éclat du jour ;

Et, dans la paix des nuits, son ardente prière

Vient s'unir à mes vœux pour le roi notre père.

Que vois-je !... un vêtement semble par sa blancheur

Écarter l'ombre épaisse.... ah ! peut-être ma sœur....

Caché près de ces lieux écoute son langage ;

Si c'est Michol, reviens sans tarder d'avantage,

Mais crains devant tout autre, ami, de te trahir.

DAVID.

Repose-toi sur moi, je saurai t'obéir.

SCÈNE TROISIÈME.

MICHOL, JONATHAS.

Michol.

Que tu fuis lentement, triste nuit que j'abhorre !
Mais que dis-je ! chez moi, voit-on la joie éclore,
Quand le flambeau du jour vient éblouir mes yeux !
L'obscurité, la mort, à toute heure, en tous lieux
M'assiègent, et je vis !... ah ! Jonathas mon frère,
Tu m'as donc prévenue ici pour la prière !
Plus que le tien pourtant mon cœur est tourmenté.
Eh ! quel repos Michol aurait-elle goûté,
Lorsque David couché dans quelqu'antre sauvage
Des tigres affamés, peut-être, éteint la rage ?
Ta cruauté, mon père, excède leurs fureurs.
Toi qui pourrais tarir la source de mes pleurs,
Tu m'arraches David et me laisses la vie !
Ta haine pour David croît loin d'être assouvie.
Je ne puis, Jonathas, supporter ce séjour,
Je le quitte, je pars ; prouve-moi ton amour,

4.

Suis mes pas incertains ; si, contre mon attente,

J'éprouve ton refus, j'irai moi seule, errante ,

Chercher dans les déserts mon malheureux époux

Ou la mort....

JONATHAS.

Ah Michol! espère un sort plus doux ;

Cesse de t'allarmer, retarde ton absence,

Peut-être à Gelboë.... David....

MICHOL.

Vaine espérance !

David, lui! dans un camp commandé par le roi !

JONATHAS.

Conseillé par son cœur David en suit la loi :

Il sait combien Michol pour son retour soupire.

Sa prudence à l'amour aura cédé l'empire,

Et son prochain retour ne m'étonnerait pas.

MICHOL.

Mais puis-je souhaiter qu'il porte ici ses pas ?

Pour sa vie aussitôt je tremblerais, mon frère.

JONATHAS.

Et s'il osait braver le courroux de mon père,

Après avoir fondé l'espoir de son pardon

Sur des motifs qu'approuve une saine raison !...

Nos revers ont rendu mon père moins terrible.

Lui qui jugeait son bras foudroyant, invincible,

Quand David sur ses pas chassait le Philistin,

Aujourd'hui du combat redoute le destin.

Superbe, il veut cacher sa triste incertitude ;

Mais, sur son front, chacun lit son inquiétude.

Je ne me trompe point, observe-le, ma sœur ;

L'espoir de vaincre seul n'enivre plus son cœur.

David peut l'aborder, l'instant est favorable.

MICHOL.

Peut-être.... mais David qui le croit implacable ;

David que les déserts ont séparé de nous,

Ignore tout encor.

JONATHAS.

Ah Michol !... ton époux

Est peut-être, aujourd'hui, plus près que tu ne penses.

MICHOL.

Ne me flattes donc plus de vaines espérances.

SCÈNE QUATRIÈME.

DAVID, MICHOL, JONATHAS.

DAVID.

Non, Michol, ton époux, pour toi, brave la mort.

MICHOL.

Que vois-je!.. Ciel! David, ô charme, ô doux transports!
David! ma voix expire.... et des pleurs d'allégresse...
Il est donc vrai, David, dans mes bras je te presse !

DAVID.

Loin de tes yeux, Michol, l'exil est si cruel !
Si le roi me destine, ici, le coup mortel,
Michol, c'est dans tes bras que s'éteindra ma vie.
J'aime mieux la finir que la voir poursuivie

A travers les rochers, les sables des déserts,

Où le nom de Michol dont je remplis les airs,

Est écouté partout avec indifférence.

Prend tes armes, Saül, je brave ta puissance,

Frappe, frappe! mes yeux seront ici fermés

Du moins par une épouse, un frère bien aimés,

Et leurs pleurs, chaque jour, arroseront ma tombe.

MICHOL.

Sous la haine d'Abner que mon époux succombe ?...

Non ! j'offrirai mon sein au glaive meurtrier

Pour l'écarter du tien, noble et vaillant guerrier.

Ce n'est point à la mort que le Ciel te ramène,

Il ne m'aura pas fait une joie incertaine.

Combien auprès de toi je sens mon cœur plus fort !

Si durant ton exil j'ai tremblé pour ton sort,

Rien ne fait chanceler aujourd'hui mon courage....

Mais, que vois-je, David, sous quel habit sauvage

L'aube naissante vient t'offrir à mes regards !

La poussière a blanchi les longs cheveux épars.

Pourquoi te dépouiller de la pourpre éclatante

Où ma main broda l'or et la perle brillante ?

Dirait-on à ce triste et sombre vêtement,

Le gendre d'un grand roi, qui vit pompeusement ?

Tu n'es pas distingué d'un soldat de l'armée.

DAVID.

Aux vanités la cour est maintenant fermée ;

Nous sommes dans un camp où le manteau grossier,

Et la vaillante épée, et le fougueux coursier

Forment d'un combattant la plus riche parure.

Le sang du Philistin qui rougit son armure,

C'est la pourpre, Michol, dont il est glorieux.

Espérons, espérons, du seul maître des Cieux !

Si, devant sa grandeur, David a trouvé grâce,

Lui seul détournera le coup qui nous menace.

JONATHAS.

Par les rayons du jour le camp est éclairé.

Que ton départ, David, ne soit plus différé !

Bien que tout favorise aujourd'hui ta présence,

Je ne dois l'annoncer, pourtant, qu'avec prudence.

Voici l'heure bientôt où Michol avec moi

Se rend, chaque matin, sous la tente du roi :

Pour t'offrir à ses yeux il faut que j'examine,

Si le délire affreux lui cède ou le domine.

Et quand je le pourrai sans craindre sa fureur

Sur ton retour, David, je tenterai son cœur.

Je garderai surtout, qu'une voix ennemie

Ne te proclame encore entaché d'infâmie.

Cache-toi, cependant, au faible comme au fort.

Crains un ordre d'Abner qui te livre à la mort.

De ton casque, David, abaisse la visière;

Et puis va te mêler à la foule guerrière.

Là, sans être observé, tu dois attendre en paix

Que je revienne à toi pour aider tes projets.

MICHOL.

Tu veux sauver David, tu le perdras, peut-être.

Parmi d'autres guerriers peut-on le méconnaître ?

Lequel a comme lui l'œil fier, étincelant,

Cette épée arrachée au féroce géant ?

Qui donc comme David retentit sous ses armes ?

Ah ! ne va pas rouvrir la source de mes larmes !

Cache-toi, cher David ; mais, loin de tous les yeux ;

Crains surtout de braver mon père furieux.

A quels tourments faut-il que mon cœur se prépare,

Je retrouve un époux, déjà l'on m'en sépare !

Puisse mon père enfin lassé de te bannir,

T'accorder à mes pleurs, ne plus nous désunir !

Jusqu'à ce doux moment Michol est affligée....

Vois-tu dans ces rochers une grotte ombragée ?

Là, durant ton exil, en proie au désespoir,

Je pleurais le matin et je priais le soir ;

Son sol est humecté de mes larmes amères.

Va-t'y réfugier jusqu'à des jours prospères.

Sans mes conseils, David, garde-toi d'en sortir.

DAVID.

J'y cours, Michol, je veux te plaire et t'obéir.

Ne vous allarmez plus sur mon sort ni le vôtre ;

Jonathas et Michol, tranquilles l'un et l'autre,

Laissez-moi tout ce soin : je sauverai pour vous,

A Jonathas un frère, à Michol un époux.

Mais, de toi, de toi seul viendra ma délivrance,

Dieu d'Israël ! sans toi doit mourir l'espérance.

ACTE SECOND.

SCÈNE PREMIÈRE.

SAUL, ABNER.

Saul.

Enfin je trouve, Abner, un ciel tranquille et pur :
Le soleil m'apparaît sur la voûte d'azur,
Rayonnant, dépouillé de sa teinte sanglante.
Ce jour promet le calme à mon âme brûlante :
O jours de ma jeunesse éclipsés à jamais !
Rien ne trompait alors les vœux que je formais.
Quand je quittais le camp, enivré de ma gloire,
J'y rentrais précédé par des chants de victoire.

Abner.

Le succès aujourd'hui vous semble-t-il douteux ,
Prince ? le doute seul serait pour nous honteux !
Tant de fois votre épée a brisé le courage
De ces fiers ennemis avides de carnage !
Un triomphe nouveau , croyez-moi , vous attend
Au combat dont Abner a reculé l'instant.

Saul.

O combien les conseils de l'ardente jeunesse
Diffèrent des calculs de la froide vieillesse !
Quand mon bras secouait, souple et plein de vigueur,
La lance dont le poids augmente ma langueur,
Le doute n'a jamais attristé mon audace.
Mais , ne regrettons plus un âge qui s'efface.
Mon bras se montrerait encore menaçant,
S'il avait pour appui le Dieu fort et puissant ;
Ou, du moins , si David dont j'ai proscrit la tête....

Abner.

Quand David est absent craindrons-nous la défaite ?

Sans lui ne peut-on vaincre ?.. ah ! s'il est vrai, seigneur,

Ma main ne s'arme plus que pour frapper mon cœur.

De vos malheurs, David, artisan seul coupable,

Viendrait....

SAUL.

Non non, la cause en est plus redoutable ;

Je la connais, Abner, pourquoi me déguiser

L'horreur de mon état si prompt à m'accuser ?

Sans ma famille, hélas ! qui m'enchaîne à la terre,

La royauté, la gloire, et ce jour qui m'éclaire

Ne m'affligeraient plus ; non : bientôt ma valeur

Chercherait au combat la fin de ma douleur.

Depuis que ma raison cède à l'affreux délire

As-tu vu sur ma bouche éclore le sourire ?

Solitaire, farouche, impatient, cruel,

Je traine mes longs jours dans un ennui mortel.

Mes enfants dont l'amour consolait ma détresse

M'irritent aujourd'hui par leurs soins, leur tendresse.

Dans le sein de la paix, la guerre a tous mes vœux ;

Si la guerre survient, c'est la paix que je veux.

Je redoute un poison dans le plus doux breuvage,

Un traître dans l'ami que sa foi seule engage.

La couche, les tapis qui m'appellent la nuit

Sont des ronces, Abner, où le sommeil me fuit.

Et s'il dompte, un instant, le chagrin qui me ronge,

Bientôt il est rompu par un horrible songe.

Enfin, mon cœur se trouble et mon esprit s'abat,

Quand l'airain frémissant a sonné le combat.

O quelle honte, Abner, mon âme s'épouvante

D'un signal qui jadis la rendait triomphante !

Tu vois bien que Saül a perdu sa splendeur,

Que Dieu l'a rejeté, marqué du sceau vengeur.

Toi-même, tu le sais, quelquefois je te juge

Mon ami, mon conseil, ma force, mon refuge ;

Et, d'autrefois, un fourbe, un vil flatteur des Cours.

ABNER.

Mais, lorsque la raison vous rend tout son secours,

Prince, n'oubliez pas votre grandeur passée,

Ni l'action qui vint troubler votre pensée !

Tous vos malheurs, grand roi, sont sortis de Rama.

C'est là que contre vous un complot se trama.

Quel homme le premier, d'un ton fier et sévère,

Osa vous déclarer que Dieu, dans sa colère,

S'indignait de vos vœux, refusait votre encens?

Samuel, oui, lui seul.... Ses discours menaçants,

Ses ruses, ses fureurs, son pouvoir sans limite

Armèrent contre vous une secte hypocrite.

Le royal diadème avait tenté ses yeux

Avant qu'il eût orné votre front radieux.

Samuel espérait en recevoir l'hommage,

En ceindre ses cheveux déjà blanchis par l'âge,

Lorsque tout Israël, portant votre étendard,

Et méprisant les vœux de ce hardi vieillard,

Ne voulut d'autre roi qu'un guerrier magnanime.

On vous élut, seigneur : voilà votre seul crime !

Oui, dès-lors, Samuel irrité de ce choix

Qui, parmi les sujets, l'enchaînait sous vos lois,

Publia contre vous la divine vengeance.

Il troubla votre esprit par sa seule présence.

David avec sa harpe et ses mystiques chants

Acheva de porter le désordre en vos sens.

David, dans les combats se montra guerrier brave,

Il est vrai : mais aussi, de Samuel l'esclave,

Plus enclin à servir les prêtres et l'autel,

Qu'à rendre votre nom glorieux, immortel.

La vérité, seigneur, qu'Abner seul vous l'enseigne !..

Je suis de votre sang ; l'éclat de votre règne

Rejaillit sur mon nom ; David enflé d'orgueil

Devra, pour s'élever, fouler votre cercueil.

SAUL.

Ah, je le hais David !... mais tu sais que ma fille

Par un lien sacré l'unit à ma famille.

Apprends tout, cher Abner.... cette céleste voix

Qui, dans mes jeunes ans, m'a parlé tant de fois,

Lorsque, sujet obscur, bien loin de la couronne,

Simple, heureux, j'ignorais quel souci l'environne ;

Cette voix, quand la nuit a chassé le soleil,

Vient me poursuivre encore et troubler mon sommeil.

Mais, pareille au bruit sourd de l'onde mugissante,

Trois fois elle me crie, horrible et menaçante :

« Saül, descends du trône, et crains le Dieu vengeur. »

L'image du prophète augmente ma terreur :

Du fond d'une vallée aride et ténébreuse,

Je vois une colline à cime lumineuse

Où siège Samuel, de gloire environné ;

Et David à ses pieds, humblement prosterné.

Samuel pour montrer ma disgrace assurée,

D'une main, sur David répand l'huile sacrée.

De l'autre qui descend jusqu'à moi lentement,

Pour me faire subir un premier châtiment,

Il arrache à mon front le royal diadème,

Puis, au front de David vient le ceindre lui-même.

Abner le croirais-tu ? D'un air humble et pieux,

David, David refuse, il détourne les yeux ;

Et d'un ton suppliant conjure le prophète,

De remettre, à l'instant, le bandeau sur ma tête.

O songe trop cruel ! ô présage d'horreur !...

Toi, David, tu veux donc retarder mon malheur ;

Je puis compter encor sur ton obéissance,

Et t'appeler mon fils, mon ami, ma défense

Contre les ennemis de mon royal pouvoir !...

Tu veux briser le trône où tu m'as fait asseoir.

Samuel ? ah ! malgré la haine qui t'anime

Tremble ! Saül n'est plus ta docile victime !...

Me dépouiller du trône ! Ah meure en Israël

Quiconque tramerait ce complot criminel !

Abner, Abner, plains-moi ! je sens que le délire
Obscurcit ma raison, lui ravit tout empire.

ABNER.

Meure, meure David et bientôt avec lui,
Vos sombres visions, vos terreurs auront fui.

SCÈNE DEUXIÈME.

JONATHAS, MICHOL, SAUL, ABNER.

JONATHAS.

Puisse en ce jour le roi goûter la paix de l'âme !

MICHOL.

Puisse l'esprit divin que mon père réclame
Habiter avec lui !

SAUL.

      Mes enfants, chez le roi
Habitent la douleur, la tristesse et l'effroi.

J'attendais plus de calme au lever de l'aurore.

Comme un léger nuage au désert s'évapore,

J'ai vu s'évanouir l'espoir qui m'avait lui.

Que tardez-vous, mon fils, de combattre aujourd'hui ?

Redoutez-vous le joug qui menace ma tête ?

La terreur est pour moi pire qu'une défaite.

Mourons, oui ! mais, du moins, combattez, je le veux.

JONATHAS.

Mourons, me dites-vous ! ah formez d'autres vœux !

Votre âme doit, seigneur, s'ouvrir à l'espérance,

Et, sur notre valeur, fonder son assurance.

La victoire aujourd'hui remplit seule mon cœur,

Israël au combat marchera plein d'ardeur,

Et ces fiers ennemis qui troublent notre joie

Des vautours dévorants vont devenir la proie.

MICHOL.

Confiez-vous, mon père, au bras qui vous défend ;

Votre palais, bientôt, vous verra triomphant.

Là, tranquille, ombragé d'une palme nouvelle,

Vous me rendrez l'époux que ma douleur appelle,

6

Et David....

SAUL.

Quoi, toujours des reproches, des pleurs !
Mais sont-ce là, Michol, et le baume et les fleurs
Qui charment les tourments de ma triste vieillesse ?
Laissez-moi porter seul le fardeau de détresse ;
Éloignez-vous, ma fille....

MICHOL.

Hélas , je dois pleurer
L'exil de mon époux, et toujours implorer
Votre pitié pour lui ; qu'elle douleur amère,
Vous me causez !...

JONATHAS.

Ma sœur, crains d'affliger mon père !
Tes reproches, tes pleurs aigrissent ses chagrins.

(A Saül.)

Vos jours sombres, grand roi, vont devenir sereins.
Un esprit tout céleste, une joie incessante
Agitent vos soldats, depuis l'aube naissante.

Témoin de leur ardeur vous croirez au succès....

SAUL.

Non, non, de vos transports réprimez les excès.

Je ne partage point votre joie insensée. .

Par quels signes croit-on la victoire annoncée ?

Que vois-je autour de moi ? La tristesse, les pleurs,

Et la nature en deuil présager nos malheurs.

Vous verrez en ce jour, mon fils, l'antique chêne,

Dont les rameaux touffus obscurcissaient la plaine,

Se flétrir à jamais sur son tronc desséché ;

Le sang israëlite à grands flots épanché ;

A vaincre, dites-vous, vos armes sont donc prêtes !

Ah ! priez, répandez la cendre sur vos têtes ;

Ce jour est le dernier qui doit nous éclairer.

ABNER.

(A Jonathas et Michol.)

Vos discours n'ont servi qu'à le désespérer ;

Vous ne l'ignorez plus, toujours votre présence

De son mal trop funeste accroît la violence.

MICHOL.

Abner, devons-nous fuir un père infortuné ?

JONATHAS.

Tu prétends donc, Abner, être seul destiné
A conseiller mon père, il faudra qu'il fléchisse
Sous ton joug absolu ?

SAUL.

Dieu ! quel nouveau supplice
Vient augmenter l'horreur de mes sens agités ?
Jonathas et Michol me semblent irrités.
Et qui donc les outrage ?.. Abner, c'est toi, peut-être,
Ah ! respecte le sang de ton malheureux maître.

JONATHAS.

Oui, père bien aimé, nous sommes votre sang,
Et nos bras frapperont toujours au premier rang
Pour affranchir Saül d'un honteux esclavage.

MICHOL.

Est-ce l'amour tout seul qui dictait mon langage

Quand je vous implorais en faveur d'un époux ?

Non , mon père , David qui fuit votre courroux

Défendait Israël , vous , et votre couronne.

Au seul bruit de son nom , le Philistin frissonne.

Lorsque votre âme en proie à d'infernaux tyrants ,

Se consumait, seigneur , en soucis dévorants ,

David , avec sa harpe et ses chants tout célestes ,

Savait dompter l'ardeur de vos accès funestes.

Comme de nos chagrins il allégeait le poids !

Si nous le possédions , le charme de sa voix

Chasserait, loin de vous , les visions funèbres ,

Comme le jour naissant repousse les ténèbres.

JONATHAS.

Pour moi, si ma valeur brilla dans les combats ,

J'en rends grace à David dont je suivais les pas ;

Dont le conseil toujours vous fut si salutaire.

Ah bientôt s'éteindraient les flammes de la guerre ,

Si David parmi nous , combattait.... et la paix....

SAUL.

Jours heureux tous marqués de célestes bienfaits ,

Vous ne reviendrez plus ! et mon antique gloire

De tableaux douloureux obsède ma mémoire.

Je me vois assistant aux triomphes passés ;

J'arrive : mes sujets autour de moi pressés

M'applaudissent vainqueur, une noble poussière

Blanchit mes vêtements, pare ma tête altière,

Et mon char est traîné par l'orgueil confondu.

Au grand Dieu d'Israël l'hommage en est rendu :

L'encens fume, l'autel retentit de louanges....

L'encens.... l'autel !... que dis-je ? O paroles étranges !

L'oreille du Seigneur s'est fermée à ma voix.

Dès le jour où j'osai me soustraire à. ses lois,

La prière expira sur mes lèvres muettes :

Où retrouver ma gloire et ces brillantes fêtes ?

Où verrai-je couler le sang des ennemis ?

JONATHAS.

Ces beaux jours par David vous sont encor promis.

MICHOL.

Mais, contraint de vous fuir, David notre espérance

Mourra donc dans l'exil malgré son innocence ?

Pourquoi de tant de haine accabler mon époux !

Lequel de vos sujets fut plus soumis, plus doux ?

David est votre fils, sa valeur votre ouvrage,

De son obéissance il vous donna le gage.

Comme un père, David vous a chéri, seigneur.

Ah laissez vous toucher !

SAUL.

Quel trouble dans mon cœur !

Une larme a mouillé ma brûlante paupière.

Cessez de m'attendrir, mon âme aride et fière

Depuis longtemps ignore où se forment les pleurs.

ABNER.

Prince, défendez-vous de ces sombres vapeurs.

Venez, venez chercher la paix sous votre tente.

Vous verrez cette armée en vous seul confiante

Qui, pour vaincre, aujourd'hui, n'attend que le signal.

Croyez bien que David à son roi si fatal

N'a plus rien qui l'honore.

SCÈNE TROISIÈME.

DAVID, SAUL, ABNER, JONATHAS, MICHOL,

DAVID.

Il a son innocence.

SAUL.

Que vois-je !

MICHOL.

O ciel !

JONATHAS.

David, qu'as-tu fait ?

ABNER.

O vengeance !

JONATHAS.

Ah mon père !

Michol.

Seigneur, grâce pour mon époux !
Votre main l'a choisi, je l'ai reçu de vous.

David.

O Saül, ô mon roi, vous haïssez ma vie !
Par votre bras, je veux qu'elle me soit ravie,
Frappez !... à vos genoux j'attends le coup mortel.

Saul.

Qu'entends-je ! que dis-tu ? David, c'est l'éternel
Qui t'a conduit à moi, qui parle par ta bouche,
Ah ! je n'en doute plus et sa bonté me touche.

David.

Oui, Saül, ce grand Dieu qui règle nos destins,
Qui, dans les champs d'Ela, contre les Philistins,
Animait au combat ma jeunesse timide,
Renversait le géant par ma fronde rapide ;
Ce Dieu qui, devant vous, fit marcher la terreur,
Qui, de tant d'ennemis, vous couronna vainqueur ;

7

Ce Dieu dont vos succès célèbrent la mémoire,

Vous apporte, aujourd'hui, mon bras et la victoire.

Je n'attendrai qu'un mot pour signaler mes coups,

Parlez : soldat ou chef, David combat pour vous,

Et l'ennemi féroce, accablé par nos armes,

Va payer de son sang nos malheurs et nos larmes.

Raffermissons le trône aujourd'hui menacé !

Demain, que par la mort je sois récompensé,

Et je la subirai sans plaintes ni murmures.

Pour assouvir la haine et finir ses tortures,

Vous direz : « à David qu'on porte le trépas : »

A vos ordres, Abner ne résistera pas.

Il viendra me frapper, je serai sans défense;

Condamné par mon roi, de ma seule innocence

Je fais mon bouclier ; c'est en fils plein d'amour,

Non point en ennemi que je perdrai le jour.

Sans s'émouvoir, le fils de notre premier père

Contempla de sa mort l'appareil sanguinaire.

Au grand Dieu d'Israël tout joyeux d'obéir,

Son âme n'exhalait ni plainte, ni soupir ;

Et quand le fer brillait dans la main paternelle,

Il baisait cette main avec un tendre zèle.

J'existais par Saül, il veut m'anéantir,

La gloire qu'il ma faite il veut me la ravir,

Il m'éléva jadis, aujourd'hui m'humilie,

Sans regrets, à son roi David se sacrifie.

SAUL.

O ciel, quel voile épais est tombé de mes yeux !...

Ta parole, David, en sons mystérieux,

Retentit dans mon âme et ton divin langage

Décèle tes vertus et ton pieux courage.

Mais pourquoi donc, mon fils, exalté par l'orgueil,

Abreuvas-tu mon cœur d'amertume et de deuil ?

Pourquoi me rabaisser David quand tu me venges ;

Emprunter mon éclat, me ravir les louanges ?

Ne me respecte point, si tu veux, comme roi :

Mais un jeune vainqueur tout nouveau comme toi ;

Devait-il mépriser la vieillesse guerrière ?

Ta gloire humble pour tous pour moi seul était fière.

Les filles d'Israël, célèbrant tes exploits,

T'ombrageaient de lauriers, chantaient tout d'une voix :

« Mille ennemis, David, sont tombés sous ton glaive.

» Bien plus haut que le roi, ta bravoure t'élève,

» Saül n'a triomphé que de cent Philistins. »

Au lieu de m'accabler de superbes dédains,

Que ne refusais-tu l'honneur de ces journées?

Saül, (devais-tu dire), en ses jeunes années

Ne connut pas d'égal ; des Philistins l'effroi,

Il m'apprit à les vaincre, et Saül est mon roi.

DAVID.

Mais ma bouche toujours vous rendait cet hommage,

Lorsqu'une voix plus forte étouffant mon langage,

Sans cesse vous criait : « David devient puissant.

» Le peuple ardent pour lui, pour Saül, languissant,

» Ne porte qu'à David, son amour, son estime.

» Si vous ne l'écrasez, vous serez sa victime. »

Avec moins d'artifice et plus de vérité,

Abner, tu pouvais dire à Saül irrité :

« David meilleur que moi s'est chargé de ma haine,

» Je le crains, et ma crainte à le perdre m'entraîne,

» Il mourra. »

ABNER.

Quel reproche oses-tu m'adresser.

Traître, tes fiers mépris ne sauraient me blesser.

Lorsque tu conspirais au milieu des prophètes ;

Que le roi déjouait tes embûches secrètes ;

Lorsque les Philistins te cachaient dans leurs murs ;

Que, de là, tes amis, satellites obscurs

Venaient ici tramer un complot détestable ;

Est-ce Abner, réponds-moi, qui te faisait coupable ?

Il fut un temps, David, où mon bras protecteur,

De mon maître sur toi dirigea la faveur.

Tu le sais, quand le roi t'admit dans sa famille

Par les conseils d'Abner....

MICHOL.-

(*A Saül.*)

Non, seigneur ; votre fille,

Éprise des vertus dont David est paré,

Voulait s'unir à lui par un lien sacré.

Vos bontés de mon cœur suivirent la pensée,

Et ma félicité dès-lors sembla fixée.

Dans un état plus humble, encor plus ignoré,

David m'eût paru grand : Michol l'eût préféré

Au plus puissant des rois que l'Orient adore.

SAUL.

David, Abner t'accuse, et je dois craindre encore.

Réponds-moi, cependant, parle avec vérité :
Toi qui m'avais promis amour, fidélité,
As-tu des Philistins réclamé l'alliance ?
Et, caché dans leurs murs, embrassant leur défense,
Semas-tu dans mon camp la discorde et l'effroi ?
Enfin, David armé menaça-t-il son roi ?

DAVID.

Ce lambeau détaché de la pourpre royale,
Va répondre au soupçon qui m'indigne et ravale :
Le reconnaissez-vous ? .Prenez et comparez !

SAUL.

Quel objet vient s'offrir à mes sens égarés !
Oui, je le reconnais, et quelle main perfide
Osa....

DAVID.

Ce ne fut point une main régicide
Qui, pour perdre Saül, tenta de l'approcher.
Ce lambeau, David seul osa vous l'arracher ;

Mais il n'en fait, seigneur, ni vanité, ni gloire.

Avez-vous d'Engadda conservé la mémoire ?...

Là-même, poursuivi, proscrit par vos fureurs ;

Seul, privé de secours, seul avec mes malheurs ;

Je choisis pour refuge une caverne sombre,

Pensant vous éviter dans le silence et l'ombre.

Mais j'y trouve, qui?.. vous... dompté par le sommeil.

Vous n'aviez plus d'un roi l'imposant appareil ;

La garde au soin de qui votre âme se confie,

Négligeait, loin de vous, celui de votre vie.

Voilà donc comme Dieu rompt les conseils humains !

La trame de vos jours reposait en mes mains ;

Je pouvais la briser, et par un autre issue,

Tromper tous vos soldats, échapper à leur vûe.

Sans défense, et pourtant sur sa garde assuré,

Au glaive d'un proscrit le roi s'était livré ;

Votre péril, Saül, ce lambeau le révèle.

Où donc était alors, Abner sujet fidèle,

Abner prompt à veiller au salut de son roi ?

Jugez, enfin, seigneur, jugez Abner et moi :

Voyez quel est celui qu'honora votre estime,

Et quel homme aujourd'hui vous entachez d'un crime !

Mon récit calme-t-il votre ressentiment ?

Ne prouve-t-il assez ma foi, mon dévoûment,

Ne dévoile-t-il pas cette maligne envie

Qui, partout me poursuit, empoisonne ma vie ?

SAUL.

Tu m'as vaincu, mon fils, ah je te rends mon cœur !

Admire, admire, Abner, mon généreux vainqueur.

MICHOL.

Quelle joie !

DAVID.

Ah je tombe aux genoux de mon père !

JONATHAS.

Bonheur inattendu !

MICHOL.

(A Saül.)

Je vous suis encor chère.

SAUL.

Je n'affligerai plus, désormais, ton amour.

Que la victoire, amis, couronne ce beau jour !

David, sois au combat le chef de mon armée ;

Oui, je le veux, Abner : et si la renommée

Publie en Israël votre rivalité ;

Que l'honneur seul de vaincre enfin soit disputé.

Jonathas doit combattre à côté de son frère ;

David, tu m'es garant d'une tête si chère,

Mon fils me répondra de tes précieux jours.

JONATHAS.

David combat pour nous, du ciel c'est le secours.

MICHOL.

Oui, lorsque dans nos camps l'éternel le rappelle,

C'est pour nous sauver.

SAUL.

Viens, David, ami fidèle ;

8

Avant que du combat résonne le signal,

Viens goûter le repos dans l'asile royal.

La joie à nos festins naîtra de ta présence ;

Michol t'adoucira le long deuil de l'absence,

Michol, près de David excuse mes fureurs !

Et d'un père trompé répare les erreurs.

ACTE TROISIÈME.

SCÈNE PREMIÈRE.

DAVID, ABNER.

ABNER.

A peine du festin le prince se retire ;
Je viens à toi, David, qu'as-tu donc à me dire ?

DAVID.

Je veux t'entretenir, un moment, sans témoins.

ABNER.

Savoir, pour le combat, quels ont été mes soins ?

David.

Oui sans doute, et je veux te déclarer encore
Que je renonce, Abner, au grade qui t'honore.
Il suffit qu'unissant mon bras à ta valeur,
Tous deux nous défendions en ces jours de malheur,
Le grand Dieu d'Israël, Saül, et la patrie ;
Cette pensée éteint tout sentiment d'envie.

Abner.

Issu du sang royal, guerrier brave et soumis,
Je défendais mon roi contre ses ennemis,
Avant qu'on entendit siffler, ici, ta fronde.

David.

Mon mérite n'a rien qui sur mon sang se fonde ;
Mes exploits sont connus, je ne les vante pas ;
Oublions-les, songeons à de nouveaux combats !
Je souhaite qu'Abner, seul rival de lui-même,
Se surpasse aujourd'hui.

Abner.

Jusqu'ici, chef suprême,

J'avais tout disposé, (David était absent),

Pour écraser, d'un coup, notre énnemi puissant.

De commander en chef, dis-moi si je suis digne.

Voici quel fut mon plan : sur une longue ligne,

Le Philistin occupe un immense vallon,

Qui, du midi s'étend vers le septentrion.

Un bois touffu, derrière, arrête nos épées ;

Sur son front, un torrent aux rives escarpées

Rend l'attaque sans fruit : vers le soleil naissant

Un rocher dont le dos est scabreux et glissant,

Mais, au camp Philistin, en pente moins ardue,

A nos soldats, encor, ferme toute avenue.

Cependant, au couchant, le vallon est ouvert.

Il touche, par ce point, un champ vaste et désert

Qui se termine aux flots de la mer mugissante.

Attirons l'ennemi dans ce champ, je me vante

D'en triompher, David, et de l'anéantir.

Par la force et la ruse il nous faut réussir.

Au moment d'attaquer nous feignons la retraite ;

Notre armée, en trois corps, sur la gauche se jette ;

L'ennemi sur sa droite est ainsi menacé.

Mais notre premier corps s'est à peine avancé

Qu'il doit tourner le dos , et fuir au pas rapide.

Puis, le second s'ébranle, et sans ordre , sans guide

S'avance au champ désert, et l'ennemi trompé

Accourant sur ce point doit être enveloppé.

Mille de nos guerriers que la gloire domine,

Choisis au dernier corps, franchissent la colline ,

Et jettent l'épouvante au camp des ennemis.

Un succès décisif nous est alors promis.

Par derrière attaqué , sur son front, sur ses ailes,

Le Philistin succombe , et nos palmes nouvelles

S'arrosent de son sang pour la dernière fois.

DAVID.

Sage et vaillant guerrier, je te cède mes droits.

Ne change rien, Abner, à ton plan que j'approuve ;

La valeur, le talent, partout où je les trouve ,

Je sais les admirer.... Comme un simple soldat,

Comme un glaive de plus, David compte au combat.

ABNER.

Dans l'art de commander David est notre maître ,

Et nous serions vaincus, sans ses conseils, peut-être ;

Il sera notre chef....

DAVID.

Tu serais envieux,

Abner ! eh quoi ! ton nom, tes exploits merveilleux,

Pourraient-ils redouter une valeur rivale !

Non, j'approuve ton plan que nul autre n'égale,

Il faut l'exécuter : aidé de Jonothas

Sous les yeux de Saül, j'assemble nos soldats.

Us, du camp ennemi franchira la limite,

Et Sadoc soutenu par mille hommes d'élite,

Doit parvenir bientôt au sommet du rocher.

Nous attendrons, Abner, tes ordres pour marcher,

Car, tu dois commander en chef le corps d'armée.

ABNER.

Cette faveur, pour toi, Saül l'a réclamée.

DAVID.

Eh bien ! à te l'offrir il me dispose mieux.

Le soleil monte encor sur la voûte des cieux.

Sous tes ordres, Abner, qu'à marcher l'on s'apprête ;

Mais, qu'on n'entende pas résonner la trompette,

Que le jour n'ait pâli de quatre heures au moins !

Le Très-Haut est, pour nous, prodigue de ses soins :

De l'Occident accourt un vent chaud et rapide ;

Le soleil s'abaissant, les flots du sable aride

Voileront notre marche aux yeux des ennemis.

ABNER.

Oui, David, le succès nous est encor promis.

DAVID.

Ah, le Dieu d'Israël aime nos sacrifices !...

Mais laisse, laisse, Abner, ces petits artifices,

Ces intrigues de cour, capables d'avilir

Les talens dont le ciel a voulu t'ennoblir.

SCÈNE DEUXIÈME.

DAVID.

Oui ! le plan de l'attaque est d'un chef sage, habile ;

Mais la science au chef est souvent inutile,

S'il n'a, de ses soldats, conquis l'affection.

Par la faveur du ciel j'ai, de ma nation,

Le dévoûment qu'Abner ne peut espérer d'elle.

Il faut vaincre aujourd'hui ; puis dès l'aube nouvelle

Quitter Saül : la paix me fuit à ses côtés ;

Mes conseils sont sans force et toujours rejetés.

Si le succès couronne un espoir qui m'anime,

Mon triomphe à ses yeux comptera pour un crime.

SCÈNE TROISIEME.

MICHOL, DAVID.

Michol.

Je te cherchais, David, croirais-tu, cher époux,

Qu'il faut armer ton cœur contre de nouveaux coups ?

A peine, du festin s'éloignait notre père,

Le front brillant de joie, Abner, d'un ton sévère,

L'aborde, je ne sais quel fut leur entretien ;

Mais mon père a changé de voix et de maintien.

J'accours pour le calmer, lui, brusquement me quitte,

Il est encor ce roi que ta présence irrite.

DAVID.

Pourquoi présages-tu sitôt un changement ?

MICHOL.

Tu sais, comme tantôt, il pleurait tendrement

Sur ce cruel exil que mon amour déplore ?

Et, comme, sur son cœur que le chagrin dévore,

Il pressait tour-à-tour chacun de ses enfants ?

De nous, devaient sortir des guerriers triomphants,

Tous remparts d'Israël, gloire de sa famille,

(Disait-il) il parlait comme un père à sa fille ;

Il m'inspire, à présent, plus de terreur qu'un roi.

DAVID.

Ah puisse son courroux n'éclater que sur moi !

Mais ne t'afflige pas avant l'heure fatale ;

Notre maître est Saül ; sa volonté royale

Doit seule décider de mon sort et du tien,

Qu'il soit victorieux, je ne me plains de rien !

S'il me poursuit encor de sa haine constante ,.

Je la fuirai : souffrir l'exil, la vie errante-

Ne fut pas de mon cœur le plus cruel effort ;·

Mais, vivre loin de toi., c'est un affreuse mort,

Et je dois la subir !... O trompeuse espérance

Qui t'offrait chez David, une douce existence !

Un. autre t'eût donné la pourpre et ses grandeurs ;.

Notre union t'en prive et te condamne aux pleurs._

Et , pour surcroît de maux , notre union stérile

Te laisse sans soutien quand ton père m'exile._

Oui ,. Michol, je dois fuir.

MICHOL.

Fuir sans moi, cher époux !.

Non , jamais !... si tu pars, j'embrasse tes genoux ;

Et pour m'en séparer, il faut qu'on m'en arrache ;

Et qui donc commettrait cette cruauté lâche ?...

Je ne veux plus revoir ces longs jours de langueur ,

Où, seule, parcourant le palais de douleur ,

Du matin jusqu'au soir, je m'abreuvais de larmes._

Le silence et la nuit augmentaient mes alarmes :_

Tantôt je croyais voir mon père , sans pitié ,

Assouvir dans ton sang sa triste inimitié.

Tantôt, mon désespoir semblait me faire entendre,

Parmi des cris plaintifs, ton adieu le plus tendre.

D'autres fois, ma pensée errant dans les déserts,

Y comptait tous les maux que David a soufferts.

Je le voyais, souvent, fatigué, sans asile,

Vaincu par le sommeil sur un rocher stérile,

Fuyant d'un antre à l'autre, et sans repos, enfin,

Expirer consumé par la soif et la faim.

O Dieu, que ma souffrance était alors cruelle !

Tu n'exigeras pas que je la renouvelle,

Et pour m'en affranchir, je veux suivre tes pas.

DAVID.

Cesse de me livrer de si rudes combats.

Songe bien que ce jour qui nous rappelle aux armes

Doit s'arroser de sang, Michol, non de tes larmes.

MICHOL.

Ce n'est pas du combat que naîtront mes chagrins ;

Non, la guerre, pour toi, n'est pas ce que je crains ;

Le Très-Haut t'a couvert de sa céleste égide.

Mais je tremble qu'Abner, Abner jaloux, perfide,

Envieux d'un succès acquis par ta valeur,
Ne s'apprête à changer notre joie en douleur.

DAVID.

Mais le roi semblait-il, dans sa nouvelle crise,
Hésiter à choisir mon bras pour l'entreprise ?

MICHOL.

Je n'ose l'affirmer ; mais son front soucieux,
Son air froid et sévère ont frappé tous les yeux.
Il murmurait tout bas : les mots *prêtres*, *lévites*,
Etranger dans le camp, *trahison*, *hypocrites* ;
Ces mots jetés sans suite, et d'un sens indécis
Réveillent dans mon cœur les plus cruels soucis :
Oui, fille de Saül, j'en tire un noir présage,
Epouse de David, je les crains davantage.

DAVID.

Voici le roi, Michol, observons son humeur.

MICHOL.

Dieu juste ! secourez un faible serviteur !

Chassez loin de mon père une erreur trop funeste ;

Allumez sur son front votre flambeau céleste,

Défendez votre peuple et sauvez mon époux :

Sur nos ennemis seuls, faites tomber vos coups !

SCÈNE QUATRIÈME.

SAUL, JONATHAS, MICHOL, DAVID,

JONATHAS.

Venez, père chéri, que votre âme oppressée

Suspende ici le cours d'une triste pensée.

Jouissez de l'air calme et de l'azur des cieux ;

Et pour trouver la paix, ce bien si précieux,

Asseyez-vous, seigneur, parmi votre famille.

SAUL.

Que dites-vous ?

MICHOL.

Mon père, écoutez votre fille.

SAUL.

Ma fille ! vous !... qui donc m'a parlé d'un ciel pur ?

Ce ciel est effrayant, l'horizon est obscur.

La mort autour de moi rassemble ses ténèbres,

Elle éclaire mes pas de ses torches funèbres.

Approchez, approchez, regardez le soleil ;

Un nuage de sang le voile à son réveil !

Les habitants de l'air n'ont que des chants sinistres.

La vengeance du ciel a partout ses ministres.

Oh ! l'air est assourdi par des cris déchirants

Qui m'arrachent des pleurs ! vous aussi mes enfants

Vous pleurez ! Ah pleurez votre infortuné père.

JONATHAS.

O grand Dieu d'Israël, pourquoi votre colère,

Verse-t-elle ses flots sur ce malheureux roi ?

Il vous servit jadis soumis à votre loi,

Faites-lui vaincre enfin l'ennemi qui l'obsède.

MICHOL.

Mon père, c'est Michol qui survient à votre aide.

Quand je vous vois heureux, tout sourit à mon cœur,
Et si vous gémissez, tout est pour moi douleur.
Mais votre âme au chagrin devrait fermer la voie,
Notre joie est ici.

SAUL.

Qui ?... David notre joie !
Pourquoi donc n'est-il pas dans mes bras avec vous ?

DAVID.

Le respect m'écartait de votre appel si doux,
Seigneur ; mais, puissiez-vous lire dans ma pensée !
Votre bonté pour moi profondément tracée
Y demeure toujours....

SAUL.

Les enfants de ton roi
Sont-ils vraiment, David, chers et sacrés pour toi ?

DAVID.

S'ils me sont chers, ô Dieu ! que Jonathas mon frère
Vous dise à quels honneurs mon amour le préfère !

Pour vous , seigneur , pour vous est-il aucun danger
Que je n'aille braver quand il faut vous venger ?
Dirai-je pour Michol, ma tendresse, mon zèle,
Je n'ose m'en vanter, vous l'apprendrez mieux d'elle.

SAUL.

Tu t'estimes , pourtant, bien au-dessus de nous.

DAVID.

Moi, je m'estimerais, seigneur, auprès de vous !
Je m'estime un soldat qui vous sert dans la guerre ;
Et, dans la paix, un fils ardent à vous complaire.
Mais, devant Dieu, grand roi, je ne m'estime en rien.

SAUL.

Tu me parles de Dieu qui n'est plus mon soutien ;
Des prêtres, tu le sais, la haine envenimée
M'a séparé de Dieu ; son oreille est fermée
A mes vœux, ma prière et mes gémissements.
Voudrais-tu, par son nom, outrager mes vieux ans ?

DAVID.

Moi !.. quand je nomme Dieu c'est pour lui rendre gloire!
Vous qui, de ses bienfaits, conservez la mémoire

10

Seigneur, ne pensez pas qu'il vous ait rejeté!

Dieu s'éloigne, il est vrai, des rois qui l'ont quitté.

Mais le roi dont l'espoir est dans sa providence ;

Le roi qui cherche en Dieu, la valeur, la prudence,

Trouve, au jour du péril, un bras libérateur.

Prince, Dieu vous couvrit de force et de splendeur,

Vous assit sur un trône, et sa toute-puissance

N'attend pour l'affermir que votre confiance.

SAUL.

Celui qui, vers le ciel, porte mes sentiments,

Revêt-il donc l'Ephod, tous les saints ornements ?...

Voyons.... du sacerdoce est-ce un nouvel élève ?

Mais, non! c'est un guerrier qui marche ceint du glaive.

Approche, approche donc, que je sache, cruel,

Si c'est David, David qui parle, ou Samuel ?...

D'où te vient cette épée ?... elle n'est plus la même

Dont je t'avais armé....

DAVID.

De mes hauts faits l'emblème,

C'est le fer que conquit ma fronde, au champ d'Ela ;

Le fer qui, sur mon front, longtemps étincela ;

Le fer dont Goliath , armant son bras impie ,

Provoquait d'Israël la valeur assoupie.

Mais ce fer , au combat , ne le servit en rien ;

C'est mon sang qu'il cherchait , je l'ai rougi du sien.

SAUL.

Ce fer ne fut-il point , dans le saint tabernacle ,

Déposé sur l'autel où Dieu rend son oracle :

Et dans l'Ephod mystique , enveloppé , scellé ;

Afin qu'à l'œil profane il demeurât voilé ,

A Dieu seul , pour toujours , offert en sacrifice ?

DAVID.

Oui seigneur.... il est vrai.... mais....

SAUL.

Par quel artifice

L'as-tu donc dérobé ? Quel prêtre audacieux

L'a remis en tes mains ?

DAVID.

Fugitif en tous lieux ,

(Vous connaissez, seigneur, la cause de ma fuite);

J'arrivai dans Nobbé, sans armes et sans suite.

Des soldats apostés pour servir vos desseins

Me faisaient redouter, partout, mes assassins.

Au tabernacle où Dieu parle à son interprète,

Devant l'autel sacré je vins courber ma tête.

Quand je revis ce fer captif de ma valeur,

De Dieu je ne crus point outrager la grandeur,

En le redemandant pour ma défense au prêtre.

SAUL.

Et lui....

DAVID.

Livra....

SAUL.

Son nom ?

DAVID.

Achimelech.

SAUL.

Ah traître !

Vous me trahissez tous ; à l'ombre de l'autel,

Vous distillez sur moi votre poison mortel.

Chez vous, sous le lin blanc l'âme noire se cache.

Il faut que l'autel tombe, et moi je prends la hâche ;

Je veux que la victime expire sous mes coups.

(Il se lève et court avec fureur.)

MICHOL.

Arrêtez, arrêtez !

JONATHAS.

Mon père, où courez-vous ?

Calmez donc ce transport, prince, qui vous anime.

Ici n'est point l'autel, encor moins la victime ;

Respectez dans le prêtre un ministre divin.

SAUL.

Qui donc retient mes pas ?... On me résiste en vain,

J'abattrai leur autel.

JONATHAS.

Mon père !

DAVID.

Ah je t'implore,

Grand Dieu, pour notre roi qui peut t'aimer encore !

Prête-lui ton secours, daigne écouter ma voix.

SAUL.

C'en est donc fait.... je perds tous les biens à la fois :

Mes enfants, ma puissance, et du ciel la lumière !

Après tant de douleurs, voici donc la dernière !...

Sous le fardeau des ans je gémis sans appui.

Mes enfants sont muets, les cruels ils m'ont fui.

Les fils d'un roi vieillard pour son trépas soupirent.

Diadème fatal, c'est toi, toi qu'ils désirent ;

Toi, dont mes cheveux blancs vont bientôt s'éloigner !

Arrachez-le, mes fils !... si la soif de régner

Vous fait juger la mort, à vous servir, trop lente,

Abattez, abattez, ma tête chancelante,

Vous comblerez mes vœux, par ce cruel effort ;
J'abhorre l'existence et j'invoque la mort.

MICHOL.

Que dites-vous, mon père, ah ! notre seule envie
C'est de vous voir régner, prolonger votre vie.
Qu'un ennemi, sur vous, menaçât notre amour !
Vous verriez vos enfants victimes tour-à-tour,
Vous défendre et mourir, à vos pieds, sans se plaindre.

JONATHAS.

Dans les pleurs son accès est tout près de s'éteindre.
Parle, parle, David ; les accents de ta voix,
En de pareils moments, l'ont calmé tant de fois !
Son cœur s'épanouit à tes discours célestes.

MICHOL.

Oui, calme, cher époux, des douleurs trop funestes.
Il soupire, et je vois son regard s'adoucir ;
Le désespoir viendrait de nouveau l'obscurcir.

Fais entendre , au plutôt, cette voix qui le touche.

DAVID.

Que le maître des cieux lui parle par ma bouche !
Les tourments de Saül, Dieu seul peut les chasser.

(1). O grand Dieu d'Israël , dont la pensée immense ,

Dans l'espace infini , roule sans se lasser !

Tu m'as créé de rien , et mon intelligence

Ose , vers ta grandeur, humblement s'élancer.

     Si ton regard sur les mondes s'incline ,

Il pénètre la terre et l'abyme des mers.

Le doux frémissement de ta tête divine

     Ébranle l'univers.

---

(1). Il n'est pas nécessaire, remarque, ici, le poète Alfieri ,
que l'acteur chargé du rôle de David, chante les vers lyriques : il
lui suffira de les débiter sur un ton solennel , et plus cadencé que
celui de la déclamation tragique ; et de faire précéder le récit de
chacun des trois divers sujets qui y sont décrits, par un prélude
de harpe.

Jadis tu descendis sur les ailes brillantes

De mille chérubins, jusqu'à nos régions ;

Et le chef d'Israël, au feu de tes rayons,

Sentit se ranimer ses vertus défaillantes.

Sa parole d'un roi, sut maîtriser le cœur.

Ton glaive, dans sa main, partout le fit vainqueur ;

Tu fus son bouclier, sa gloire, sa sagesse....

La triste obscurité qui m'entoure et me presse,

Dissipe-la, grand Dieu, par ton souffle divin !

S'il n'est guidé par toi, l'homme s'éfforce en vain

De trouver la lumière....

SAUL.

O voix consolatrice !

C'est David que j'entends et, déjà, mon supplice

Est moins cruel ; David, ton accent enchanteur

Semble me ramener à mes ans de splendeur.

DAVID.

Quel bruit, au loin, dans la plaine résonne ?

11

Un tourbillon poudreux soulevé par le vent

Arrête mes regards et sa course m'étonne.

Il s'ouvre, et j'aperçois, sur le sable mouvant,

D'innombrables guerriers que la gloire environne.

Saül brille à leur tête, et les guide en vainqueur,

Sous les pas des coursiers je sens trembler la terre.

Les ondés et les cieux augmentent la terreur,

Répétant, tour-à-tour, les chants, les cris de guerre.

Notre ennemi superbe a-t-il des boucliers

Capables d'arrêter notre roi qui s'élance ?

Tout s'abât devant lui ; les chars, les cavaliers,

Les plus braves ont fui, tremblants, humiliés ;

Des yeux du roi jaillit la divine vengeance.

      Vous fuyez, cruels fils d'Ammon !

      Comment a pâli votre audace ?

Vous osiez outrager Dieu, son peuple et son nom ;

      Son peuple, aujourd'hui, vous terrasse.

Les champs sont trop étroits à vos morts entassés ;

Israël y recueille une moisson sanglante.

Ainsi devait périr la valeur confiante

Aux faux dieux que toujours vous avez encensés.

D'un bruit plus éclatant mon oreille est frappée

Saül vient d'écraser par sa vaillante épée

Les nations d'Edom, de Moab, de Soba ;

Et l'impie Amalech, en blasphemant, tomba.

Tel qu'un torrent grossi dans la saison nouvelle,

Saül accourt, renverse, et tout fuit, tout chancelle,

   Sous son glaive victorieux.

SAUL.

Ce sont bien là les chants qui portaient jusqu'aux cieux

Ma gloire ; et, chaque jour, elle s'incline et tombe.

On m'y rappelle encor, mais, du bord de la tombe.

Il m'a semblé renaître et voir mes jeunes ans.

Mais, non, mon bras est faible, et mes pas sont pesants.

Je ne m'éveille plus par le cri de la guerre.

L'oisiveté, la paix, et l'oubli de la terre

Disent au roi vieillard le néant des grandeurs.

DAVID.

De la paix célébrons les constantes douceurs.

   Assis sur la rive fleurie

   Du fleuve aimé de ses aïeux ,

   Le prince, favori des cieux ,

   Rentre, vainqueur, dans sa patrie.

Sur sa tête un épais laurier,
Lentement s'incline, et l'ombrage ;
Sa famille accourt, et soulage
Les fatigues du roi guerrier.

Son retour est un jour de fête,
La joie éclate avec les pleurs ;
Ses filles ont tressé des fleurs
Et viennent couronner sa tête.

L'une, du casque éblouissant
Détache, d'une main timide,
Les liens d'or, et, sur l'égide,
Porte les yeux en frémissant.

Une autre puise l'onde pure,
Pour éclaircir son front poudreux ;
Et, de parfums délicieux,
Elle humecte sa chevelure.

La plus jeune saisit sa main
Qu'elle arrose de douces larmes.
L'épouse, aujourd'hui, sans alarmes,
Pose la tête sur son sein.

Mais le sexe né pour la guerre,
Aussi prompt à se réjouir,
Se hâte moins de recueillir
Les caresses du tendre père.

L'aîné des fils, avec ardeur,
S'efforce à rendre étincelante,
Une épée encore sanglante
Des coups terribles du vainqueur.

Le second fixe un œil d'envie
Sur son frère qu'il voit armé.
D'une jeune audace animé,
Agitant ses bras, il s'écrie :

Quand pourrai-je, loin des ébats
Où ma jeunesse est occupée,
Secouer la lance et l'épée
Dans le tumulte des combats ?

Brillant d'une enfantine grâce,
Le plus jeune, du bouclier
Se joue, et se couvre en entier,
De son orbite qui l'efface.

Des pleurs mouillent les yeux du roi,

Témoin de ces jeux d'innocence ;

L'amour des siens fait sa puissance,

Sa justice leur seule loi.

O paix, ô paix enchanteresse,

Peuples et rois dans ton séjour

Unis par des liens d'amour

Ne respirent que l'allégresse !

Mais, déjà, s'enfuit le soleil ;

Le vent du soir est sans murmure,

Tout est muet dans la nature,

Et le roi cède au doux sommeil.

SAUL.

Heureux, heureux le chef d'une si noble race,

Qui chérit ses vertus, en reproduit la trace !

La paix délicieuse à mon cœur agité

Depuis longtemps, David, ne l'avait visité.

Un baume tout céleste a parcouru mes veines.

Mais, que prétendrais-tu ? M'endormir dans les chaînes ?

Laisser ma royauté s'éclipser lentement,
De la paix domestique inutile ornement !

DAVID.

Aux douceurs du sommeil si le roi s'abandonne,
Son esprit est frappé d'illustres visions.
Les nombreux ennemis que son audace étonne,
Sous l'effort de son bras tombent par légions.

Il le voit ce tyran qui méprisait son glaive,
Qui, le premier, tomba, percé, de mille coups ;
Qui, désormais, n'est plus qu'une ombre de son rêve,
Impuissant ennemi, sans force et sans courroux.

Le roi dort dans la paix, mais on le craint encore.
Le furieux lion goûte aussi le sommeil ;
Et son antre, au désert, n'est pas toujours sonore
Des longs rugissements qu'il pousse à son réveil.

S'il est couché muet dans son antre sauvage,
Son silence n'a point enhardi les troupeaux :
Le pasteur veille, il craint un plus affreux carnage,
Quand viendra le lion, lassé d'un long repos.

Déjà, déjà, le roi s'éveille,

Déjà je l'entends s'écrier :

Aux armes ! Le soldat frappe son bouclier,

Le roi part, et sa course à la foudre pareille,

Fait pâlir l'ennemi qui l'osa défier.

Des pas de son coursier les éclairs qui jaillissent

Ouvrent les rangs des javelots ;

Tout se mêle, et, bientôt, nos armes se rougissent

Dans l'infidèle sang qui ruissèle à grands flots.

La foudre qui, du ciel, vient s'éteindre sur l'onde,

La pierre que lance la fronde,

Frappent moins promptement que le glaive du roi.

C'est l'aigle du seigneur qui, déployant ses ailes,

Partout répand la mort, partout sème l'effroi.

Il détruit dans son vol les peuples infidèles

Qui vouaient aux faux dieux leur amour et leur foi.

David le suit de loin ; et, de terreur frappées,

On voit les légions s'affaisser devant lui.

On voit que le seigneur, de David est l'appui.

Qu'Israël a, pour vaincre, aujourd'hui, deux épées.

SAUL.

Qui donc, me rabaissant, exalte sa valeur ?

Lorsque le Philistin fuit Israël vainqueur,

Mon épée au combat, seule, lui sert de guide.

Oui, la mienne est la seule ; et meure le perfide

Qui l'ose mépriser !

(Il tire son épée et marche sur David.)

MICHOL.

(Se précipitant sur son père.)

Vous avez pardonné.

JONATHAS.

Que faites-vous, mon père !

DAVID.

O prince infortuné !

MICHOL.

Fuis, David, à l'instant, fuis, sors de sa présence !

D'arrêter sa fureur je n'ai plus la puissance.

12

SCÈNE CINQUIÈME.

JONATHAS, SAUL, MICHOL.

MICHOL.

O père bien aimé !

JONATHAS.

(Désarmant Saül.)

Mon père, calmez-vous.

SAUL.

Vous arrêtez l'effet de mon juste courroux !
Vous désarmez mon bras !.. qu'on me rende mon glaive.

JONATHAS.

Non, je ne puis souffrir que le crime s'achève,
Mon père ; suivez-nous, vous trouverez la paix.
Non, vous n'êtes pas né pour de pareils forfaits,
Suivez-nous, sans tarder, allons sous votre tente.
Un long repos convient au mal qui vous tourmente ;
Calmez, pour vos enfants, ce visage irrité.

MICHOL.

Près de vous, nous cherchons notre félicité.

ACTE QUATRIÈME.

SCÈNE PREMIÈRE.

JONATHAS, MICHOL.

Michol.

Penses-tu qu'à présent, aux regards de mon père,
David pourrait s'offrir sans craindre sa colère ?

Jonathas.

Non, ma sœur, quand l'accès chez le roi s'est calmé,
Je n'ai point encor vu son courroux désarmé.
La haine a, dans son cœur, de profondes racines ;
Rien ne peut l'arracher que les graces divines,

Va, retourne à David, ne l'abandonne pas.

MICHOL.

Que le ciel a semé de malheurs sous mes pas !
Je l'ai caché David, caché comme un coupable,
Sa retraite est pour tous, secrète, impénétrable,
J'y cours....

JONATHAS.

Voici le roi, quel air sombre et troublé !
Il n'est plus de repos pour ce cœur désolé.

MICHOL.

O ciel, quel embarras ! Et que vais-je lui dire ?
Fuyons pour nous soustraire à ce nouveau martyre.

SCÈNE DEUXIÈME.

SAUL, MICHOL, JONATHAS,

SAUL.

Femme, vous fuyez donc à l'approche du roi ?

MICHOL.

Ah seigneur !.. vous savez... seigneur, pardonnez-moi.

SAUL.

David où donc est-il ?

MICHOL.

Mais... seigneur... je l'ignore.

SAUL.

Vous l'ignorez !

JONATHAS.

Mon père !

SAUL.

Et l'on me trompe encore !
Allez chercher David , qu'il soit ici conduit.

MICHOL.

Où puis-je le trouver ?.. il vous craint... il vous fuit...

S<small>AUL</small>.

Le roi parle, Michol, et pour qu'on obéisse.

SCÈNE TROISIÈME.

SAUL, JONATHAS.

S<small>AUL</small>.

Jonathas m'aimes-tu ?

J<small>ONATHAS</small>.

Rendez-moi la justice

De ne douter jamais, seigneur, de mon amour,

Et si je vous suis cher, je dois être, à mon tour,

Jaloux de conserver, sans tâche, votre gloire.

Animé de ce soin, daignez, daignez m'en croire,

Je m'oppose souvent aux projets furieux....

S<small>AUL</small>.

Oui, souvent enflammé de ton zèle pieux,

Tu désarmes le bras qui vengerait ton père.

Mais ce fer que tu viens ravir à ma colère,

On l'aiguise, mon fils, pour déchirer ton sein.

Défends, défends David !.. Connais-tu son dessein ?..

Jonathas, es-tu sourd à la voix qui te crie :

David veut être roi ?... David ! ô perfidie !

J'en frémis, je ne puis en supporter l'horreur ;

Il mourra.

JONATHAS.

Mais, vous-même, au fond de votre cœur,

N'entendriez-vous pas une voix plus terrible ;

La voix de Dieu lui-même, auguste, irrésistible,

Qui vous crie à son tour : *David a ma faveur,*

David est mon élu, mon bras, mon serviteur ?...

Tel se montre en effet dans le cours de sa vie

Ce David qui vous fuit !... Abner brûlé d'envie,

Pourquoi demeure-t-il muet à son aspect ?

Et vous à qui, souvent, David sembla suspect,

Pourquoi donc, quand David trouve votre présence,

Vos soupçons perdent-ils toute leur vraisemblance ?

David parle, un seul mot les fait évanouir,

Comme on voit l'ombre épaisse au soleil s'éclaircir.

Et, lorsque tourmenté par le démon du crime,

Vous menacez de mort l'innocente victime,

Croyez-vous que, moi seul, j'arrête votre bras ?

C'est Dieu qui le retient, seigneur, n'en doutez pas.

Si David loin de fuir attendait votre glaive,

A vos ressentiments bientôt vous feriez trève ;

Et prêt à le frapper, tombant à ses genoux,

Vous pleureriez, seigneur, un excès de courroux.

Un repentir amer oppresserait votre âme,

Vous êtes bon, mon père....

Saul.

Oui, j'accepte le blâme.

Tu dis trop vrai, mon fils, ce David que je hais,

Je cherche à l'expliquer, je n'y parviens jamais.

David est pour Saül un terrible mystère :

Aux champs d'Ela, d'abord, à mes yeux il sut plaire,

Mais à mon cœur, jamais ; et si je veux l'aimer,

Ma haine m'en sépare et, prompte à s'enflammer,

Elle accuse David , me force à le proscrire.

Puis , à peine emporté par l'excès du délire ,

J'ai décrété sa mort ; s'il rencontre mes yeux ,

Soudain je suis changé.... loin de m'être odieux

David ravit mon âme , il séduit mon oreille :

Contre un charme si doux , une telle merveille ,

Mon sceptre est sans vertu , mon glaive sans pouvoir.

Trop tard , trop tard , hélas ! je commence à le voir,

La vengeance de Dieu , sur moi , se manifeste !

Oui, je te reconnais , ô justice céleste !...

Mais pourquoi dans les cieux , Saül , vas-tu chercher

La cause d'un malheur que rien n'a pu cacher ?

Tu n'as point contre Dieu commis de grave offense !

Non ; les prêtres , sur moi , signalent leur vengeance,

Et je vois en David leur perfide instrument,

Dans Rama , Samuel , à son dernier moment ,

Fit connaître à David sa volonté secrète....

Qui sait si le veillard n'a point sacré sa tête

De l'huile dont jadis il humecta mon front ?

Sa haine aurait bien pu me léguer cet affront.

Peut-être , Jonathas , ce que ton père ignore ,

Tu le sais : parle donc , ton secret doit éclore.

13

JONATHAS.

Ce fait m'est inconnu. Mais , fut-il vrai , grand roi,

L'outrage tout entier retomberait sur moi

Qui suis le premier né de votre noble race.

Lorsque , chez vos ayeux , vous irez prendre place ,

Le trône n'est-il pas à moi seul destiné ?

Si donc, par Samuel , David est couronné ,

C'est moi que l'injustice, un jour, viendrait atteindre.

Je me tais cependant ; et vous osez vous plaindre ?..

David qui me surpasse en vertus , en valeur ,

Loin de m'être odieux, a subjugué mon cœur.

Si le Dieu dont la main humilie et couronne ,

A voulu que David, après vous , règne , ordonne ,

Pouvait-il mieux, seigneur, nous marquer son dessein ?..

David semble porter , au front, le sceau divin.

Des enfants d'Israël et l'amour et le guide ,

Il les vengea souvent du Philistin perfide.

Mais David redoutable à vos seuls ennemis ,

Pour vous , ne fut jamais qu'un fils tendre et soumis.

Croyez-en Jonathas, seigneur, qui vous l'assure ;

Et laissant Dieu tracer ma carrière future ,

Gardons-nous de sonder son décret éternel.

Si Dieu n'eût inspiré le vieillard Samuel,

Eût-il songé, mon père, en cet âge débile

Où la tombe s'ouvrait pour son dernier asile,

A revêtir David des plus hautes faveurs ?...

Pour ce même David, vos respects, vos fureurs ;

A l'heure du combat, ces sentiments de crainte

Dont l'âme de Saül ne fut jamais atteinte,

Quelle en serait la cause, est-ce un pouvoir humain

Qui d'un brillant espoir vous ferme le chemin ?

SAUL.

Es-tu fils de Saül ? Ton langage m'étonne !

Eh quoi ton lâche cœur dédaigne ma couronne !

Mais connais-tu les droits de son usurpateur ?..

Ma maison s'éteindra sous son fer destructeur.

Oui, toi-même, ton frère et ma famille entière

Assouvirez un jour sa rage meurtrière.

O trop fatale soif du suprême pouvoir,

Tu fais tout pour ce trône où chacun veut s'asseoir !

Le fils est égorgé par une avide mère,

Le père par son fils, le frère par son frère ;

Et, par ses ravisseurs, le trône ensanglanté
N'est qu'un siège du crime et de l'impiété.

JONATHAS.

Mais que peut l'homme, enfin, contre un foudre céleste?
Vos menaces, seigneur, le rendront plus funeste ;
Et la prière seule adoucit son courroux.
Oui, quand l'homme superbe est frappé de ses coups ;
Devant le repentir, Dieu, jamais implacable,
Passe, et brisant son glaive, il absout le coupable.

SCÈNE QUATRIÈME.

SAUL, JONATHAS, ABNER, ACHIMELECH,

TROUPE DE SOLDATS.

ABNER.

Si je reviens à vous, à ce moment fatal,
Avant que du combat résonne le signal,

Que le sang Philistin ruisselle dans la plaine,

Prince, un grave sujet près de vous me ramène.

David, David sur qui se fondait notre espoir,

Qui devait commander l'attaque dès ce soir,

Se cache à tous les yeux, on cherche en vain sa trace.

L'impatient soldat de l'attendre se lasse ;

Et les chefs dévorés d'une commune ardeur

Maudissent ce retard qui brise leur valeur.

Leurs cris frappent les cieux comme un bruyant tonnerre,

Les coursiers de leurs pas font retentir la terre,

Des glaives agités jaillissent mille éclairs,

Les cris : *marchons, victoire,* assourdissent les airs ;

La bravoure envahit le cœur le plus timide,

Et David, David fuit, notre chef, notre guide !...

Mais peut-être le ciel nous offre son égal

En cet homme vêtu du lin sacerdotal,

Qui, venu dans le camp, par la porte interdite,

Se cachait tout tremblant au quartier benjamite.

Le voilà ! Demandez, prince, à cet étranger

Quel message il apporte à l'heure du danger ?

ACHIMELECH.

Je vais l'apprendre au roi, si pourtant, sa colère....

SAUL.

Ma colère ! Et comment me crois-tu si sévère ?
Tu m'as donc offensé ?... je crois t'avoir connu,
Si ton nom, jusqu'à moi, n'est encor parvenu.
Je sais que, dans Rama, les prophètes rebelles
Te comptent dans les rangs de leurs amis fidèles.

ACHIMELECH.

Revêtu de l'Ephod, successeur d'Aaron
Que Dieu créa le chef de sa sainte maison,
Je me trouve, seigneur, selon nos sacrés rites,
Grand-Prêtre, et le premier au milieu des lévites.
C'est dans Nob que je sers l'arche sainte et l'autel ;
Cette arche qui, jadis, dans le camp d'Israël,
Roulait.... moi j'y pénètre, aujourd'hui, par la ruse :
Mon secours importune, et Saül le refuse ;
Mais Israël l'implore, et le dieu des combats
Qui veut sauver son peuple, ici, guida mes pas.

Saül ignorait donc mon nom, mon rang suprême ?

Mais je dirai : Saül se connait-il lui-même ?

Connait-il le chemin de l'arche et de l'autel ?

Moi, près du tabernacle où siège l'éternel

Je réside, et Saül dédaignant sa lumière,

Saül, depuis longtemps, fuit ce lieu de prière.

Je suis Achimelech.

SAUL.

Achimelech !... ce nom

Me rappelle une indigne et lâche trahison.

Un hasard trop heureux t'amène en ma présence.

Est-il vrai que, dans Nob, ta coupable indulgence,

Contre ma volonté, mon arrêt prononcé,

A recueilli David de mes états chassé ?

Et que, chez toi, David qui fuyait plein d'alarmes

Trouva non-seulement l'asile, mais des armes ?

Quelles armes ! le fer, au Seigneur, consacré,

Qu'agitait Goliath de mon sang altéré !...

Est-ce toi, dont la main profane, audacieuse,

A dépouillé l'autel de l'offrande pieuse

Pour la rendre au plus fier de tous mes ennemis ?

Diras-tu que ton Dieu, ton roi l'avaient permis ?

Tu crois me témoigner ton amour et ton zèle,

Par ta présence au camp ?.. Non, non, prêtre infidèle,

Tu me trahis encor.

ACHIMELECH.

Je viens donc vous trahir,

Quand je viens dans le camp pour prier et bénir !

Quand je viens demander à Dieu seul la victoire ;

A Dieu qui la refuse à votre antique gloire !

Il est vrai, de David je fus seul protecteur.

Mais quel est ce David proscrit avec horreur ?

N'est-il donc pas l'époux de Michol votre fille,

Le héros dont le bras par la victoire brille ?

Mais devant vous toujours prompt à s'humilier,

Votre ami dans la guerre et votre bouclier ?

Et dans la paix ses chants que Dieu lui-même inspire,

N'ont-ils pas maîtrisé votre sombre délire ?

N'est-il pas d'Israël et la joie et l'amour,

Et, de vos ennemis la terreur, chaque jour ?

Oui, tel est ce David à qui j'offris l'asile,

Ce David que, tantôt, vous jugiez seul habile

A guider au combat les enfants d'Israël ;

Qui devait triompher par la faveur du ciel ;

Selon vous, si David se plaçait à leur tête,

Vous ne redoutiez plus, aujourd'hui, la défaite.

Si je vous offensai, que je sois pardonné,

Ou vous-même, seigneur, vous êtes condamné.

SAUL.

Depuis quand la pitié, prêtre fier et sauvage,

De toi, de tes pareils est-elle le langage ?

Je me souviens encor, qu'aux yeux de Samuel,

Je devins, tout-à-coup, un lâche, un criminel,

Pour avoir épargné le sang Amalécite :

Quel sang ? Le sang d'un roi que sa vaillance excite,

(Sentiment, à la fois, généreux, naturel),

A secouer le joug qu'imposait Israël !

Vaincu, chargé de fers, conduit en ma présence,

Dans ses regards brillait cette mâle assurance

Qui n'a rien d'orgueilleux, ni rien de suppliant :

Sa grandeur dominait le sort humiliant.

Mais Samuel jugea cette fierté coupable.

Bientôt, avec fureur, sa main impitoyable

Prend le glaive, et bravant du ciel les saintes lois,

Au sein du roi captif, il le plonge trois fois.

Ce sont-là vos combats, ô prêtres homicides !

Mais, que l'ambitieux arme ses mains perfides

Contre Saül !... Bientôt, à l'ombre des autels,

Vous abritez sa vie et ses vœux criminels.

Vous nous dites que Dieu parle par votre bouche ?

Mais le soin de sa loi n'est pas ce qui vous touche :

Vous qui, vêtus de lin, à la guerre étrangers,

Dans un lâche repos, riez de nos dangers !

Vous voulez nous dompter, nous, courbés sous les armes,

Nous qui courons, sans cesse, aux périls, aux alarmes,

Pour défendre l'enfant, et la mère, et l'époux,

Pour protéger, ingrats, et votre autel et vous.

Et vous prétendriez, par l'hymne et la prière,

Dicter l'obéissance à la valeur guerrière ?

ACHIMELECH.

Devant votre courroux mon âme est sans effroi.

Vous brillez en ce monde, il est vrai, comme un roi.

Mais un roi que vénère une foule étonnée,

Qu'est-il donc devant Dieu ?... poussière couronnée.

Je sais que, par lui-même, Achimelech n'est rien.

Mais quand Dieu s'est montré sa force et son soutien,

Sa parole est puissante, et, semblable à la foudre,

Elle frappe, elle brûle, elle réduit en poudre.

Craignez, Saül, craignez ce Dieu qui, d'un coup d'œil,

Précipite un monarque et sa gloire au cercueil.

C'est à tort que, d'Agag, vous défendez la cause.

Lorsqu'au courroux du ciel un méchant roi s'expose,

Quel autre châtiment que le glaive ennemi

Doit punir des forfaits dont le ciel a gémi ?

Et quel glaive a frappé, si le ciel ne l'ordonne ?

Car c'est Dieu qui punit, c'est Dieu seul qui pardonne;

Et, des rois qu'il réprouve il commet les destins

Aux enfants d'Israël ainsi qu'aux Philistins.

Sans son aide, croyez vos armes impuissantes :

L'ange exterminateur, aux ailes flamboyantes,

Brandit sur votre tête un glaive ensanglanté ;

Et, si l'arrêt de mort contre vous est porté,

N'en accusez qu'Abner, conseiller trop coupable

Qui, vous faisant proscrire un ami véritable,

De son triste succès se montre triomphant ;

Qui traite un roi guerrier comme un timide enfant !

Saül, par ses conseils, aveuglé, sans prudence,

Repousse au loin David son unique défense,

Et son trône établi sur le sable mouvant,

S'écroule ; ses débris sont chassés par le vent,

La maison de Saül est tombée, elle expire.

SAUL.

Voilà donc les malheurs que tu viens me prédire :

Mais tu n'as su, prophète, encor prévoir le tien....

Ignores-tu qu'ici, sans force, sans soutien,

Tu vas mourir ? eh bien ! c'est moi qui te l'annonce :

Tu mourras, ton message a dicté ma réponse ;

C'est un ordre qu'Abner va faire exécuter.

Écoute, cher Abner, nous devons nous hâter

De changer, du combat, l'heure trop avancée.

David qui me trahit, David l'avait fixée.

Qu'on attaque demain, au lever du soleil,

Et cachons, aujourd'hui, tout guerrier appareil.

Mon ardeur se rallume en bravant ta menace,

Achimelech, demain, je reprendrai ma place.

Je commande l'armée, et le jour tout entier

Sera trop tôt fini pour mon bras meurtrier.

Abner, saisis ce prêtre et, loin de ma présence,

Par une prompte mort, punis son insolence !

JONATHAS.

Que dites-vous, mon père, et quel ordre cruel !...

SAUL.

C'en est fait, il mourra, que son sang criminel
Sur tous les Philistins aujourd'hui rejaillisse !

ABNER.

On va tout préparer, prince, pour son supplice.

SAUL.

C'est peu d'une victime à mon ressentiment ;
Et puisque, toujours, Nob me brave impunément,
Qu'on y porte le fer, la flamme, le ravage !
Meure sa race impie ! et que, dans un autre âge,
Ses prêtres plus soumis disent avec effroi :
« *Il exista Saül, sévère et puissant roi.* »
Leur révolte excita trop souvent ma colère,
Je pardonnai toujours, et quel fut mon salaire ?
Le mépris de mon nom.

ACHIMELECH.

Le roi le plus puissant

Ne saurait m'empêcher de mourir innocent.

Aussi, la mort me semble, et douce, et glorieuse,

La vôtre, Abner, Saül, sera cruelle, affreuse :

Chacun de vous mourra dans le crime affermi ;

Par le fer, mais non point par un fer ennemi.

Je viens au nom de Dieu de parler à l'impie,

Il fut sourd à ma voix, ma charge est accomplie

Et je meurs sans regret.

SAUL.

J'ai décidé ton sort.

Abner, sans plus tarder, qu'on le traîne à la mort.

SCÈNE CINQUIÈME.

SAUL, JONATHAS.

JONATHAS.

Mon père ! révoquez cette horrible sentence.

SAUL.

Loin de moi tes conseils de pardon, de clémence !

Es-tu mon fils, un prince, un guerrier d'Israël ?

Non ; retourne dans Nob, et vas servir l'autel.

D'Achimelech mourant remplis le siège vide.

Là, dans un doux loisir, prêtre ingrat et timide,

Tu vivras d'heureux jours : le camp, la royauté

Ne réclament ni toi, ni ta postérité.

JONATHAS.

Mon fer, vous le savez, Seigneur, sous votre égide,

S'est rougi dans le sang du Philistin perfide.

Celui qui va couler n'est pas d'un Philistin,

Mon père, c'est le sang d'un ministre divin,

Vous frapperez tout seul dans cette lutte impie.

SAUL.

Partout, seul, je suffis à défendre ma vie.

Ai-je besoin de toi pour combattre demain ?

De la victoire encor je connais le chemin.

Jonathas et David viendraient-ils me l'apprendre ?

Le roi seul est le chef dont on peut tout attendre.

JONATHAS.

Dussé-je accroître encor votre injuste courroux,

Je combattrai demain, mon père, auprès de vous.

Je préfère une mort glorieuse, guerrière,
Au malheur de survivre à la ruine entière
De vous et votre sang.

SAUL.

Eh! ne crains plus pour moi,
Mourir en combattant c'est la mort d'un grand roi.

SCÈNE SIXIÈME.

MICHOL, SAUL, JONATHAS,

SAUL.

Quoi, Michol, sans David !

MICHOL.

J'ignore sa retraite.

SAUL.

Je saurai la trouver.

MICHOL.

Sa disgrace est complète,

Il fuit votre courroux.

SAUL.

Mon courroux l'atteindra ;

Ce n'est que dans son sang, Michol, qu'il s'éteindra.

Si David s'offre à moi, demain, dans la mêlée,

Qu'il tremble !... du pardon la mesure est comblée,

Il mourra.

MICHOL.

Ciel qu'entends-je !

JONATHAS.

Au nom de l'amitié !

SAUL.

Trahi par mes enfants je n'ai plus de pitié ;

Va, Jonathas, combattre, éloigné de ton père.

Toi, Michol, si tu veux éviter ma colère,

Retourne sur tes pas, et, que David enfin....

MICHOL.

Je ne vous quitte plus.

SAUL.

On me supplie en vain.

15

JONATHAS.

Quoi, loin de vous, mon père, il faut que je combatte !
Je n'y puis consentir.

SAUL.

Ah, ma fureur éclate !
Tous deux vous suppliez, quand vous me trahissez !
Partez, éloignez-vous, j'ordonne, obéissez.

SCÈNE SEPTIÈME.

SAUL.

SAUL.

C'en est fait, je suis seul ; trahi par ceux que j'aime,
Je ne puis, désormais, espérer qu'en moi-même.
De tout autre, aujourd'hui, je soupçonne la foi ;
Je dois donc agir seul... oui seul !.. malheureux roi !

ACTE CINQUIÈME.

SCÈNE PREMIÈRE.

DAVID, MICHOL.

MICHOL.

Viens, viens, David, la nuit semble déjà moins sombre,
Partons ; n'attendons pas que l'aube ait chassé l'ombre.
Entends-tu dans le camp ces murmures confus ?
On va combattre, au jour, oui, je n'en doute plus.
Tout est muet encore aux tentes de mon père ;
Et le ciel, le ciel même à ta fuite est prospère :
La lune, sans éclat, tombe sous l'horizon,
Un nuage est venu voiler son doux rayon,

Nos pas sont ignorés , descendons la montagne.

Que Dieu veille sur nous , et seul nous accompagne !

DAVID.

Qu'exiges-tu de moi, femme chère à mon cœur ?

Aujourd'hui qu'Israël veut briser en vainqueur,

Les efforts redoublés du Philistin barbare ,

De nos héros tu veux que David se sépare ?

Pourquoi m'inspiras-tu cette terreur du roi ?

Qu'ai-je à craindre ?.. la mort ? je l'attends sans effroi.

Oui, pourvu qu'à ma mort succède sa victoire ,

Qu'il m'immole, Michol, qu'il m'immole à sa gloire !

MICHOL.

Mais sais-tu que, déjà, ce roi fier, menaçant ,

A baigné sa colère au sang de l'innocent ?

Qu'un prêtre, Achimelech , surpris dans notre armée,

N'a pu fléchir son âme à la pitié fermée ?

Le supplice était prêt : malgré nos cris, nos pleurs,

Achimelech est mort.

DAVID.

O coupables fureurs

Qui n'ont pas respecté même le sang du prêtre !...
Infortuné Saül !

MICHOL.

Enfin, veux-tu connaître
Le message sanglant dont le roi charge Abner?
Dans ton sein, cher David, il doit plonger le fer,
S'il t'aperçoit, demain, au lever de l'aurore,
Parmi les combattants dont Israël s'honore.

DAVID.

Et Jonathas permet....

MICHOL.

Réduit au désespoir,
Mon frère, auprès du roi, sans crédit, sans pouvoir,
Veut courir à la mort dans l'armée ennemie.
Tu peux fuir, cher époux, et fuir, sans infamie,
La noire trahison qu'on ourdit contre toi ;
Et, dans un long exil, attendre que le roi

Cesse de t'accabler d'une injuste colère ;

Ou que sa mort enfin.... ah pardonne, mon père !

Oui pardonne, ô mon roi, tu m'as fait souhaiter

Un malheur que toujours on me vit redouter ;

Pardonne-moi ce vœu qui n'était pas sincère.

Enchaîne à tes longs jours, d'heureux jours, ô mon père !

Il me suffit à moi, pour ma félicité,

De fuir avec David ton visage irrité ;

Viens, suis moi, cher époux.

DAVID.

Ah qu'il m'en coute encore

D'abandonner l'armée ! Une voix que j'ignore

Retentit dans mon cœur de ce cri douloureux :

« *Israël, pour ton roi, ce jour est désastreux !* »

Si je devais changer, moi, le sort de la guerre....

Mais.... non.... le sang d'un juste a rougi cette terre,

Le camp en est souillé ; Dieu fuit ce lieu d'horreur ;

Et David est contraint d'en bannir sa valeur.

J'obéis donc, Michol, à ta crainte funeste.

Mais, toi, cède au désir que mon cœur manifeste,

Laisse-moi fuir tout seul.

MICHOL.

Sans moi tu veux partir !
N'insiste pas, David, je n'y puis consentir.

DAVID.

Mais pourras-tu jamais suivre mes pas rapides,

A travers les forêts et les rochers arides,

Jusqu'à l'antre sauvage où je dois me cacher ?

Sur mes traces, Michol, si tu ne peux marcher,

Fuirai-je, te laissant sur la terre déserte ?

Non, non ; et ta lenteur causerait notre perte ;

Des soldats de Saül tous deux environnés,

Nous tomberions bientôt à ses pieds enchaînés.

Mais je veux que ta marche égale ma vitesse,

Veux-tu priver le roi de tes soins, ta tendresse ?

Fatigué de la guerre, en proie à ses tourments,

Michol seule adoucit ses plus tristes moments ;

Oui, tu sais dissiper ses soupçons, ses alarmes,

Pour toi seule, à la vie, il trouve encor des charmes.

Il a soif de ma mort, et le vœu de mon cœur

C'est de revoir Saül, plus heureux et vainqueur.

Mais, que je crains pour lui cette affreuse journée !...

Fille, avant d'être épouse à mon sort enchaînée,

N'immole pas, Michol, à l'amour un devoir.

Puisque de mon salut tu conserves l'espoir,

Reste, reste, Michol, pour consoler ton père.

Une fois à l'abri des traits de sa colère,

Du lieu de mon exil je saurai t'informer,

Et tu m'y rejoindras pour ne plus t'alarmer.

Laisse-moi fuir tout seul... chère épouse... pardonne...

Je pars.... Michol, adieu....

MICHOL.

Dieu ! que je t'abandonne,

Que je te laisse seul errer dans les déserts,

Renouveler les maux que mon âme a soufferts !...

Non, non, n'arrête pas l'épouse qui t'est chère

Et qui veut, jusqu'au bout, consoler ta misère.

Avec Michol le poids t'en sera plus léger,

Lorsque tu la verras toujours le partager.

DAVID.

Au nom de notre amour, du saint nœud qui nous lie,

N'insiste pas, Michol; reste, je t'en supplie!

Faut-il que j'ose, enfin, t'ordonner d'obéir?

Je préfère, avec toi demeurer, et périr.

Mais tu veux me sauver, je pars, l'heure s'avance;

Notre ennemi servi par l'aube et le silence,

Peut épier ma fuite et puis la révéler.

Bientôt à tous les yeux je saurai me voiler;

Je connais, de ces monts, les rocs les plus sauvages,

Adieu, Michol, adieu! chasse les noirs présages.

Que Dieu soit ton soutien, qu'il protége le roi!

Attends en paix le jour qui me rejoigne à toi.

MICHOL.

A ce dernier adieu mon âme se déchire,

David, de la pitié....

DAVID.

Dans mes yeux tu peux lire

Ma souffrance, Michol.... Michol, sèche tes pleurs.

Soutenez-la, grand Dieu, témoin de nos douleurs!

SCÈNE DEUXIÈME.

MICHOL.

MICHOL.

C'en est donc fait... il fuit... sur ses pas je m'élance...

Mais quel charme m'arrête et fait que je balance ?

Pour la seconde fois, David, je t'ai perdu !

Puis-je espérer encor que tu me sois rendu ?

Malheureuse Michol, union trop funeste !...

Mon père, ne crois pas que ta fille te reste !

Je n'hésiterai pas, je suivrai mon époux....

Que dis-je ? en le suivant je l'expose à tes coups,

Mon père, tu le hais !... ô nouvelles alarmes !

Tout s'émeut dans le camp, j'entends le bruit des armes,

Leur bruit se mêle au son des instruments guerriers ;

Et la terre frémit sous les pas des coursiers ;

Serait-ce le combat que mon époux déplore ,

Qui devait commencer au lever de l'aurore ?

Mes frères, Jonathas, à mon cœur le plus cher !

Peut-être qu'endormis.... déchirés par le fer....

Mais quels cris... quels sanglots parmi les cris de guerre!

Ils semblent s'échapper des tentes de mon père....

O père infortuné, je cours, je vole à toi !

Que vois-je ! En quel état il paraît devant moi !

SCÈNE TROISIÈME.

SAUL, MICHOL.

SAUL.

Cesse de me poursuivre, oui, cesse, ombre implacable !

Prosterné devant toi, je gémis en coupable.

(Il se jette à genoux.)

Malheureux que je suis ! où fuir, où me cacher ?

Mes pleurs, mon repentir ne peuvent te toucher,

Cruel prophète !... Oh non ! tu maudis ma prière.

Terre, ouvre-moi ton sein, ô terre hospitalière,

Engloutis-moi vivant, et dérobe à mes yeux,

De cette ombre en courroux le spectacle odieux !

Michol.

Que dites-vous, mon père, et pourquoi cette fuite ?
De quel ennemi, donc, craignez-vous la poursuite ?
Reconnaissez Michol et qu'il lui soit permis....

Saul.

O prophète ! tu veux qu'à tes ordres soumis
J'attende ici le trait qu'aiguise ta vengeance ?
Frappe donc, je l'attends, vois mon obéissance !
Arrache de mon front que ta main a sacré,
Le glorieux bandeau dont tu l'as décoré.
N'écarte point de moi le glaive tout céleste,
Qui, de mon sang glacé, doit épuiser le reste.
Mais détourne ses coups du sein de mes enfants !
Tu leur feras justice, oui, si tu les défends,
Mon crime, grand qu'il soit, ne les rend point coupables !

Michol.

Funeste illusion, douleurs incomparables !
Mon père, de l'erreur réprimez les écarts,
Et sur Michol, daignez arrêter vos regards.

SAUL.

(Se relevant.)

Mais un rayon plus doux éclaire ton visage.

Est-il de ta clémence un plus heureux présage ?

Accepte-tu mes vœux ? Je t'implore, à genoux ;

(Il s'agenouille.)

Épargne à mes enfants le céleste courroux !...

Qu'entends-je, quelle voix retentit dans l'abyme ?

« *David était ton fils, David fut ta victime ;*

» *Tu décrétas sa mort.* » Samuel, Samuel,

Cesse de m'adresser ce reproche cruel !

Pour réparer mes torts, je veux, qu'à l'instant même,

Sur le front de David brille mon diadème.

Que son bras de ma vie arrête enfin le cours ;

Mais, que de mes enfants il épargne les jours....

Je ne puis te fléchir, prophète inexorable ?

Ton regard courroucé m'éblouit et m'accable.

De ton glaive jaillit la flamme en tourbillons

Qui, pour me dévorer court en brûlants sillons,

Elle m'atteint déjà, m'entoure, me consume ;

Fuyons, mais comment fuir !

(Il se relève)

MICHOL.

Oh, c'est trop d'amertume !
Mon père, que vos yeux, enfin, mieux éclairés,
Portent la vérité dans vos sens égarés,
Reconnaissez Michol !...

SAUL.

Dieu, quel affreux carnage !
Et quel fleuve de sang me ferme le passage !
Que de morts, de mourants sur sa rive entassés !
La mort y règne ? Eh bien ! J'y cours, c'en est assez ;
Là seul est mon refuge.... ô ciel, terreur nouvelle !
Mais qui donc êtes-vous, et quelle voix m'appelle ?
« *Je suis Achimelech, et là, sont mes enfants.* »
» *N'espère plus, Saül, de combats triomphants !*
» *Meurs, Saül! Meurs, Saül !*» O douloureuse épreuve !
Je vois Achimelech qui de mon sang s'abreuve !...
Mais.... quelle main livide a saisi mes cheveux ?
C'est ta main, Samuel, que dis-tu ?.. que, tous deux,
La mort va nous unir, aujourd'hui, dans la tombe ?
J'y cours; mais, que moi seul, oui, moi seul je succombe !
Grace pour mes enfants !... ciel ! mon œil ébloui
Ne voyait qu'un fantôme.... il s'est évanoui.

Où suis-je ? qu'ai-je dit ? qu'ai-je fait ? un vain songe.

Quel bruit vient me frapper, est-ce encore un mensonge?

Serait-ce le combat qui vient de s'engager ,

Sans qu'un rayon du jour éclaire le danger ?

Oui, j'entends le combat, qu'on m'apporte mes armes !

Aujourd'hui finiront, et mon deuil, et mes larmes.

Mes armes à l'instant ! d'où vous vient cet effroi,

Michol ? je dois mourir, mais mourir comme un roi.

MICHOL.

Retardez pour mon cœur ce cruel sacrifice.

SAUL.

Non, mes armes, Michol, Michol, qu'on m'obéisse !

Un glaive, un bouclier, ce sont mes seuls amis.

MICHOL.

(*Présentant le bouclier et l'épée à Saül.*)

De vous suivre, mon père, il me sera permis ?

SAUL.

Dans mon âme, Michol, ne jetez pas le trouble ;

Le bruit de la trompette , à chaque instant redouble ,

Je pars, éloignez-vous, ma fille, je le veux.

Moi, je cours à la mort objet de tous mes veux.

(Il marche au combat.)

SCÈNE QUATRIÈME.

SAUL, MICHOL, ABNER.

ABNER.

(Suivi de quelques soldats.)

O prince, où courez-vous, sans garde, sans défense ?

Cette nuit est horrible, il n'est plus d'espérance.

SAUL.

Mais pourquoi le combat ?

ABNER.

Au milieu de la nuit

L'ennemi nous surprend, nous massacre sans bruit.

Les soldats d'Israël dont la voix vous implore,
Tombent tous sous le fer.

SAUL.

Et toi, tu vis encore !

ABNER.

Je vis pour vous sauver ; le temps est précieux ;
Ne tardez pas, seigneur, à fuir ces tristes lieux,
Les Philistins sont là, j'entends leurs cris de rage.
Je viens de rassembler, dans l'horreur du carnage,
Pour escorter vos pas, ces guerriers éprouvés.
Sauvez-vous, ô mon roi, sauvez-vous et vivez !
Gelboë, d'Israël, est aujourd'hui la tombe.

SAUL.

Moi, je vivrais, Abner, et mon peuple succombe !

17

MICHOL.

Ah, mon père, fuyons, le bruit s'accroît toujours !

SAUL.

Et mes fils... Jonathas.... ont-ils fui sans secours ?
Ils m'ont abandonné !

ABNER.

Vos fils ? malheureux père !
Ils n'ont pas fui....

SAUL.

J'entends ce que tu veux me taire :
Ils expirent, déjà, sous le glaive vainqueur.

MICHOL.

Mes frères, Jonathas, j'en mourrai de douleur !

ABNER.

Vous n'avez plus de fils.

SAUL.

Dans cette nuit funeste,
Je perds donc tout, Abner... une fille me reste....
Elle n'est plus à moi.... mais.... j'ai fixé mon sort :
Le moment est venu pour ce sublime effort.
Abner, écoute, au moins, ma volonté dernière :
Sauve, sauve Michol, de la fureur guerrière ;
Sa vie est sous tes soins.

MICHOL.

Non, père infortuné !
Je vous suis, et mon sort au vôtre est enchaîné.
Les Philistins, armés du glaive et de la flamme,
Feront sans doute grace aux larmes d'une femme.

SAUL.

Cesse de m'attendrir, sur mes propres malheurs,
Michol.... un roi vaincu doit ignorer les pleurs.
Abner, sauve ma fille, Abner, je t'en conjure !
Cherche dans ces rochers quelque retraite obscure.
Si la troupe ennemie accourait sur vos pas,
De la prudence, Abner, car, tu n'ignores pas
Combien les Philistins haïssent ma famille !
Ne leur dis pas, Michol de Saül est la fille,
Tu la perdrais, Abner ! mais, calme leur courroux
En criant, « Philistins, David est son époux ! »
Ils la respecteront, pars à l'instant, cours, vole.

ABNER.

Oui, je la sauverai, croyez-en ma parole ;
Mais, vous-même, au péril, je veux vous arracher.

MICHOL.

Ah ! laissez-moi, mon père, à vos pas m'attacher.

Saul.

Non, non, Michol, partez, je suis roi, je l'ordonne.
Les Philistins sont là, la mort vous environne,
Plus de retard, Abner !

Michol.

Quel adieu !... pour toujours !

SCÈNE CINQUIÈME.

SAUL.

Saul.

J'étais père... aujourd'hui, plus de fils !.. sans secours...
Roi vaincu, je suis seul ; tout ennemi me brave....
Plus d'amis près de moi... non... pas même un esclave !

Enfin, ai-je épuisé ton courroux, Dieu vengeur ?...

Un fer me reste encor pour dompter le malheur....

(*Il tire son épée.*)

Qu'il soit d'un dernier vœu l'exécuteur fidèle !

J'entends vos hurlements, horde impie et cruelle !

J'aperçois, Philistins, vos glaives sans effroi ;

Vous m'atteindrez, ici, mais, mort, mais, mort en roi. **(1)**.

FIN.

---

(1). A l'instant où Saül tombe frappé par son épée, les Philistins arrivent en foule sur la scène, portant, d'une main, une torche allumée, et, de l'autre, le glaive ensanglanté ; et pendant qu'ils se précipitent sur Saül, en poussant des cris, le rideau se baisse.